许友彬
未来秘境
·系列·

2045，
沉寂的吼声

[马来西亚] **许友彬** ⓐ著

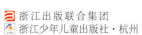
浙江出版联合集团
浙江少年儿童出版社·杭州

目录 >

1. 我以为我飞起来

　　我记得很清晰，2044年2月20日那天，大水轰隆轰隆而来，我嘴里衔着一块天鹅肉。

　　人家说，癞蛤蟆想吃天鹅肉。我不是癞蛤蟆，从来不敢有癞蛤蟆之想。然而，铁盘里一大块天鹅肉，捧到我面前。我感到震惊与悲哀，闭起嘴巴不想吃。

　　国王走过来，用命令的口吻说："有这种口福，还不珍惜？吃!"

　　这叫口福？为什么他自己不吃？

　　国王那个猩猩肠胃，我想，他也消化不了。

　　我都听他的，谁叫他是国王。我衔起那块天鹅肉，国王满意地走开去。十年来，国王一向对我很满意。我听他的话，从来没有发出怨言。

我不是没有怨言。其实，我满肚子怨言，就是不想说。我不想说，不是我不会说话，我会说话。三岁前，我虽然不算口齿伶俐，也能把话说得条理分明。三岁后，我就不说话了。这七年来，我保持沉默。

我的沉默赢得了国王的信任。国王喜欢跟我说话。有些龌龊的事情，不可告人的，他就往我这里倾倒，好像我是他的垃圾桶。国王对我掏心掏肺的，我不感到荣幸。他不停地展示他丑陋的一面，我只感到恶心。

国王不怕我看见他丑陋的一面。他不怕，他知道我不会说出去。他以为我已经变成哑巴。我没变，只是不想说话。

我衔着天鹅肉，想起白天鹅，心里不是滋味。那只白天鹅，单独关在一个小铁笼里，病恹恹的，抬不起头来。它的脑袋里装了太多忧郁，太沉重了。

一只白色大天鹅，本来应该飞上天去，却被关进铁笼里，怎能不忧郁？白天鹅来此之前，能在天空自由自在地翱翔，那该是多么畅快的事啊！而在这里，它的一双大翅膀等于废了，这是多么大的委屈！

国王天天巡视鸟屋，我跟在他旁边。每次看见可怜的白天鹅，我都感到心酸。我不敢直视它。走过它的笼子前，我昂起头，眼睛望向别处。

我一昂起头，不得了，自然有一种威严，不怒自威。这种威严，哼，足以威慑科研岛的群众。

2044年2月20日中午，白天鹅死了。消息传来，我波澜不惊。也好，死了干脆，它无须再受折腾，我也不必心酸。我以为挖个坑埋了它就算了，哪知道它被剁成几块，而其中一大块捧到我眼前，我不吃还不行。

我衔着一大块天鹅肉，抬起了头，仰望天空，愧对白天鹅。

白天鹅，对不起，我要吃你了。你能够在天上飞，这一辈子也值了。我才窝囊，想飞也飞不起来。要是反过来，我能够飞，被剁了让你吃，我也心甘情愿。无论如何，白天鹅，唉，对不起！

正当我对着天空感叹，滔天大浪轰隆轰隆地迫近，从我背后打来。

那轰隆轰隆的响声，我还以为是雷鸣。这阵雷鸣，怎么响得那么奇怪？这阵雷鸣，推着一股巨浪冲来。我来不及反应，迷迷糊糊地被冲上了天。

我以为我真的飞了起来，只是飞得不舒服。那块天鹅肉，梗塞在喉间，怪难受的。巨浪打在我屁股上，我张开嘴巴，天鹅肉没有往外掉，反而塞进喉咙里。这么说不对，应该说，巨浪打来，推我一把，把我的喉咙推向天鹅肉。

天鹅肉堵在我喉间，我不能呼吸，却莫名其妙地飞了起来。我四肢乱挥，脚不着地，感到不踏实、不安全。

我在空中碰触到东西，出于本能，牢牢抓住不放。我睁开眼才看清楚，抓住的是树枝。

树枝好像弹弓一样，我压着它，它会反弹，差点儿把我弹开。好在我抓得紧，没被抛出去，只是随着树枝来回晃荡。

我定下神来，想要搞清楚状况。我在树梢上，上面是天空，下面是海水。一块天鹅肉在我嘴里。我使劲一咳，把天鹅肉从喉咙咳了出来，但是牙齿又舍不得它，还是将它咬住了。我衔住天鹅肉，缓缓地舒一口气。

到底是怎么一回事？

巨浪冲来后，海水高涨，几乎把大树淹没了。大树只剩下一截树梢，树梢上面挂着一只不怒自威的大老虎。

那只大老虎，嗯，就是我了。

2. 我那小小的脑子

我挂在树梢上，全身湿透。我不禁发抖，不是打冷噤，而是害怕。海水涨上来了，浪一卷，拍在我的尾巴上。我毛骨悚然。

我怕海水。

所有老虎都怕海水吗？我不知道。我不完全是老虎。我是半人半虎。我的外表像一只挺吓人的大老虎，我的脑子是人类的脑子。

国王告诉我，我的身体是孟加拉虎的身体，目前重约250千克。我的脑子是人类的脑子，重约250克。我的人类部分只占老虎部分的千分之一。人虎不成比例，怎能说我半人半虎？

国王说，脑子和身体不一样，我们不能拿重量做比较。脑子装的是灵魂，灵魂就是人类的特性。有灵魂者，就属人类。我有灵魂，没有人类的外表，属于不完全人类。国王也是不完全人类，他有人类的头和脑子，以及黑猩猩丑陋的身体。

我们不一样王国，有四个岛，住着一群不完全人类和一个人头猩猩国王。

国王说，脑子和身体不能以重量做比较，但脑子和脑子就可以。我的脑子250克，国王的脑子1300克，两相比较，证明他比我聪明。

这么说让我感到不忿。我的人类脑子长到250克时，空间受限制，再也长不大。老虎的颅骨太小，容纳不下1300克的人脑。如果我像国王一样有一颗人类的头颅，脑子自然可以长到1300克，和他一样聪明。颅骨太小，该怪谁呢？当然是国王。

国王制造我，没有制造出一个人头虎身，是他的失败。他的失败，才造成我的小脑子。他的失败，后果全由我承当，这很不公平。我不够聪明，不是我的错，错在国王。但我不敢怪他，谁叫他是国王。

我的250克脑子，对海水产生恐惧，也不是我的错，错在泰迪熊。

泰迪熊有人类的脑子、狗熊的身体。我两岁那年，和泰迪熊打架。他攥住我的后腿转圈子，像抛铁饼一样把我抛出去。我被抛落大海，差点儿溺毙。在大海上的极度恐慌与不安，给我烙下一个难以泯灭的阴影。现在我对海水会产生恐惧，就是那时留下的后遗症。

现在，海水搅扰我的尾巴，我能不恐慌吗？

我挂在摇摇摆摆的树枝上，并不稳当，树枝随时会折断。我想等海水退下去，海水却高涨不下。

海水淹没了大半个科研岛。科研岛是不一样王国四个岛中最重要的岛屿，它是科技中心也是行政中心。可惜，现在科研岛上的所有建筑物都被淹没了，还看得见的建筑物，只有铁塔的塔尖和鸟屋的屋顶。

鸟屋依山而建，处于高地，如今它的屋顶像一艘孤单的破船，在海上与波浪搏斗。海浪把半边屋顶掀开，把另外半边打得歪歪斜斜。

我衔着一块天鹅肉，挂在树梢上，不停地颤抖。我告诉自己，别怕别怕，冷静下来，想一想，有没有逃生之路。

我放眼望去，浩瀚大海上，科研岛缩小了，剩下一个山头，山头变成一个小岛。如果我能跳到那个小岛上面，我就能得救。可是小岛离这里实在太远了，我跳不过去。

如果我能跳到鸟屋的屋顶上面，就能跳上小岛。可是，鸟屋离我这里还是太远，我跳不过去。

被淹没的一棵棵大树，只剩一簇簇树梢，随着浪涛摇摇摆摆。唯一矗立不摇摆的，是铁塔的塔尖。

我看见一个人影从水里爬上塔尖。他是科研岛上的一个劳工。这个劳工太幸运了，爬上铁塔，铁塔稳如泰山。他坐在上面就可以保住性命。我挂在树梢上，生死未卜。

那个劳工看过来，望见我。

我猛摇树梢。

那个劳工对我耸耸肩，摊开双手，做出一个"我没有办法救你"的手势。他不愿意离开安稳的塔尖。然后，他望向别处，不再看过来。

他不来救我，我能怪他吗？我不能。他跟我非亲非故，不会冒着生命危险来救我。也许，他真的没有办法。浪涛从他那里往我这里滚滚而来，就算他会游泳，顺水游到我这里容易，逆水游回去就难了。

我不能指望那个劳工，只能望向别处。

塔尖附近，又有一个影子出现。他从水里爬上树梢，再从树梢跳向另一个树梢。他身手灵活，像一只猩猩。他本来就是一只黑猩猩，平时伪装成人类，现在终于露出本性，蹦蹦跳跳，朝我这里跳来。

他要来救我了。我对他所有的怨恨，今天一笔勾销。国王跳到距离我五米外的一棵树上，对我挥挥手。我对他点点头，热泪盈眶。感谢国王救命之恩，我就知道您会跳过来的。

　　然而，国王却辜负了我的期盼，没有跳过来。他转身跃向鸟屋，降落在歪歪斜斜的屋顶上。我恨不得屋顶脱落，让他跌落大海。

　　国王匍匐在屋顶上，伸长颈项，探头探脑。我知道他在看什么，他在看他的宝贝鸟。他的鸟，都染上了禽流感，都是病鸟。他变态，为每一只鸟生病而感到沾沾自喜。

　　他曾对我说："我已经成功制造了 H4N13 病毒，让每一种鸟都会染上禽流感。"

　　禽流感病毒，因鸟而异，乌鸦有乌鸦的禽流感，鸽子有鸽子的禽流感。国王把病毒的基因整合起来，制造出一种所有鸟类都有反应的禽流感病毒，叫作 H4N13 病毒。

　　H4N13 病毒只是国王的原料，国王用它来制造 H4N13 疫苗。H4N13 疫苗有什么用？它能够让人类预防所有禽流感。

　　禽流感对人类是致命的，对鸟类却不怎么样。鸟类染上禽流感，流流鼻涕咳嗽几下，照样快乐地飞翔，照样勤恳地下蛋。换句话说，禽流感专门欺负人类。国王说，预防胜于治疗，只要人类注射 H4N13 疫苗，就可以避免禽流感的威胁。

　　H4N13 疫苗是国王对人类的一大贡献。国王对人类的伟大贡献不仅这一项，他还和任教授研制了 H4N13 特效药。

　　H4N13 疫苗和 H4N13 特效药不一样，疫苗预防禽流

感，特效药治疗禽流感。要是人类染上任何一种禽流感，服用H4N13特效药，包管药到病除，这是国王说的。

国王喜欢提起自己的丰功伟绩，对我说了一遍又一遍。我听后除了厌倦，还感到困惑，对国王更不了解。国王到底是喜欢人类还是讨厌人类？

如果说国王不喜欢人类，为什么国王为人类做出贡献？如果说国王喜欢人类，为什么他把人类当奴隶？

不一样王国有不少人类，被国王强迫当劳工或女佣。他们没有薪酬，只有劳役。他们都是海盗掳来卖给国王的。国王亲手把人类的鼻子挖去，给人类扣上电子脚镣，以免他们逃跑。

那个电子脚镣看起来普普通通，只像一圈铁环。厉害的是，它的重量能被操控。国王只要按遥控器，脚镣就可以加重千斤，把脚压在地上，叫人插翅难飞。

国王对人类残暴，不能说他喜欢人类。可是，他却研制H4N13疫苗和H4N13特效药造福人类。他对人类算什么态度？我的250克脑子想不通。

海水高涨，科研岛的实验室被淹没，刚刚研制出来的H4N13疫苗和H4N13特效药恐怕已化为乌有。不过，我相信国王。他有1300克脑子，要从头来过不是难事。

要从头来过，就需要H4N13病毒做原料。而H4N13病毒，就在病鸟身上。所以，国王必须保护病鸟。

对了！国王对病鸟那么关心，就是因为病鸟有 H4N13 病毒。病鸟是国王的宝贝。他保护病鸟，情有可原。

病鸟重要，我这只大老虎就不重要吗？

国王忽然纵身跳下水，潜入鸟屋内。他要去救病鸟，不来救我，我能原谅他吗？

不能原谅。哼！

3. 你的愚蠢害死我

国王冒险潜水去救病鸟，却不来救我，我恨之入骨。

我衔着一块天鹅肉，转向别处寻求援助。

铁塔那边，海阔两手抱着两个人游向塔尖。

海阔真英勇，同时救起两个人，一个是任教授，一个是大头钉。两个都是人才，是我们不一样王国的国宝。两个都走不动，任教授老了，大头钉患了小儿麻痹症。

任教授和大头钉虽然都是人类，但是他们和岛上的其他人类不一样。他们不是海盗掳来的，任教授是国王的老师，国王带过来的；大头钉是网络科技人才，国王聘请来的。他们两人无须扣脚镣，鼻子还长在脸上。

海阔把他们架在铁塔上，让他们坐稳。塔尖上已经有一个劳工，劳工爬下来，和他们两人坐在一起，照顾他们。他们比我安稳。

海阔没有望过来，怎么办？

我要不要喊救命？我的嘴里塞着一块天鹅肉，不能喊。我摇。我拼命摇晃树枝，吸引他的目光。

塔尖上的劳工看见我，他用漏风的嘴巴对任教授说："你看，老虎在树上。"

我耳朵好，稍微扭转，远远听得见他细弱的声音。

任教授伸手指向我这里，对海阔喊道："看，蛋猫！可怜的蛋猫！海阔，快去救他！"

海阔看见我，二话不说，跳下水去。

好好好！海阔，你是真英雄！

海阔缓缓向我游过来，就是游不快。他是半人半龟。国王想制造日本的忍者龟，结果海阔有乌龟一样的硬壳，也有乌龟一样的速度，慢，太慢了。

鸟屋那边，国王从水里爬上来。他全身湿漉漉的，衣服因为浸湿而半透明，贴在黑色的猩猩毛上面，白里透黑。他垂着修长的手臂，吭哧吭哧地喘气，猩相毕露。

海阔还远，国王比较近。

国王，病鸟死了就死了，不要太伤心。这里有一只大老虎，您最重要的伙伴，快来救我吧。您不救我，我死了，您要向谁倾诉？您的秘密不吐出来，憋得住吗？您不怕秘密在肚子里腐烂吗？

国王转过头来，盯着我。我猛摇树枝，做出可怜兮兮的样子。我用眼神求救。救命啊！

国王铁石心肠，视若无睹，还是把头别了过去。

你这是什么态度？够意思吗？有没有义气呀你？有没有良心哪你？人面兽心哪你？

国王就是人面兽心，人类的脸孔，黑猩猩的心肠。我对国王极其失望，只能期盼海阔。

海阔是一个真好人、真英雄，有才华，肯做事。来吧，海阔。

海阔慢腾腾地游过来，我不再摇摆，专注地等待。我伸长脖子，朝海阔那里望去。国王这里，我不屑看一眼。就算国王扑通落下水，跟鸟类一起溺毙在鸟屋里面，我也不会为他浪费一滴眼泪。

"蛋猫！别怕！我来救你！"海阔的声音浑厚好听。

他的龟壳露出海面，像一个蒲团。让我伏在上面吧，海阔，你那么壮，肯定拉得动我。

"海阔！"国王在破屋顶上咋呼。

"国王，什么事？"海阔停止划动手脚。

"过来，你过来。"国王命令。

海阔指着我："国王，蛋猫在那里，我先去救他。"

当然要先救我。我危在旦夕。我把天鹅肉吐出来。

海阔，你看！没啦！我没有食物了，够可怜吧？

我再猛烈摇撼树枝。树枝噼啪一声断开了，我连同树枝跌入海里。

我要死了。海阔，你不能见死不救吧？

国王厉声喝道："蛋猫是老虎，老虎是游泳高手，不用管他。你快过来，那些鸟在笼子里，不能呼吸，就快溺死了。你过来救鸟，快！"

我抓住树枝沉下去，不小心喝了一口海水，咸死了。我要死了。那种恐慌与绝望，就和多年前被泰迪熊抛入大海时一样。我不会游泳，谁说我是游泳高手？

国王，你撒谎。你为了救那些病鸟，弃我于不顾，落井下石。

树枝不是浮木，我抓住也没有用。我撇开树枝，四条腿乱踩，把头探出来。我要看海阔。海阔游过来了没有？

没有。我离海阔越来越远了。我被海浪冲走了。这下我死定了。

海阔居然听国王的话，游向国王。他对国王忠心耿耿。他太笨了！海阔，你太笨了！国王一直在欺骗你。他根本不喜欢你。你不是忍者龟，你是他失败的作品。你刚来的时候，他想杀死你，你知道吗？他两次派人暗算你，你都不知道。他只是在利用你，你以为他疼你吗？

我要死了。海阔，你的蠢笨没有害死你，却害死了我。

4. 我们是天生不对

　　海浪把我带走，我脚踏不到实地，没有安全感，就要死了。我闭着眼睛，准备面对死亡。我四条腿还是在不断地踩踏，踩在水上，虚虚浮浮。出于本能，我把头顶起来，顶出水面，张嘴呼吸。

　　能呼吸，就不会死去。大浪打来，海水侵袭我的鼻子和嘴巴，呛得我直咳嗽。水很冷，我忍不住打了一个喷嚏。我在大海里，能够呼吸，能够咳嗽，能够打喷嚏，就是能够游泳吗？不是不是，国王胡说。

　　我真的不会游泳，不知道怎么游。游泳是有方向的，我没有方向。我只是不停踩水，把头顶出来呼吸。要是我停止踩水，我会沉下去，然后溺毙。

　　我没有方向感。我不知自己从哪里来，要往哪里去。我睁开眼睛，看不见陆地。那个小岛，那一簇簇树梢，都离我远去。

　　天渐渐黑了下来，我极度恐慌，怕自己在黑暗中消失了。为了躲避恐惧，我转移注意力，想别的东西。

　　转移注意力，看天空。天空灰蒙蒙的，没有晚霞。有一个黑点划过。一只老鹰在盘旋着。我眯着眼睛仔细看。他不是老鹰，他是出人头雕。我得救了！他来救我了！

　　出人头雕是半人半雕。人的头，雕的身体。出人头雕是我的朋友，我的朋友来救我了。不过，他只是一只鸟。他一只小小鸟，怎么救一只大老虎？

　　其实，出人头雕也不算是我的朋友，我们只是在一起干活。他不多话，我不说话。我们甚少交流，眼光也不曾交集。我们都是国王的保镖，陪在国王两侧。我们并没有直接的关系，我们中间隔着一个国王。在国王左右，只有国王说话，没有我们说话的份儿。

　　出人头雕在天空盘旋，我想向他招手。但我不能招手，我的腿太短。我不能招手，只能摇头。我拼命摇头。

　　大老虎偌大的身体，出人头雕竟没有瞧见。他转过头，飞走了。他的眼睛长在哪里？

　　是他的眼睛小，还是我的头小？是我的头小，还是海太大了？茫茫大海中，我的头的确很小。大和小只是一个比较，没有绝对的意义。就像长和短、高和矮、胖和瘦、聪明和愚蠢，没有比较就没有意义。

我想这些干什么？出人头雕飞远了，我还想着这些有什么用，我应该把他叫回来。

叫哇！叫哇！我能叫吗？"啊……"

我的声音实在瘆人。一只雄赳赳的大老虎，应该有硬朗的吼叫，可是我的叫声却柔柔弱弱，难听得让我想死。

我再试一试。"啊……"

娘娘腔的嗓子，和我威风凛凛的外形不相符。没有雄厚低沉的吼声，还有威严吗？

作为大老虎，就必须有威严。我走路，虎虎生风。我昂首站立，虎气十足。我必须保持虎威。威严是大老虎的全部。

我两岁那年，稚气未消，虎气还没养成，并不那么在乎自己的威严。那年，泰迪熊把我抛下大海，要不是海豚救了我，我早已溺毙。那只海豚，不是普通海豚，是不完全人类。她有海豚的身体，人类的双手。她叫出手。

出手身世可怜。她是国王失败的作品。国王想制造美人鱼，把人类的基因注入海豚的受精卵里，结果生出来的不是美人鱼，而是有手的海豚。这个失败的作品，毫无用处，注定一生没有意义。

出手救了我，我感激她，和她成了好朋友。她说，她以为自己的生命没有意义，救了我之后，才觉得自己做了一件有意义的事情。

　　我说，救了我也不见得有什么意义，因为我也是国王失败的作品。国王要制造一个人头虎身，结果还是虎头虎身。我的生命也没有意义。她救了一个没有意义的东西，不见得是做了一件有意义的事情。

　　两个没有意义的东西，决定找寻生命的意义。我和出手一见如故，无所不谈。我们谈论生命的意义，也谈论人类的可笑。我说，人类穿衣服很可笑。出手告诉我，那是尊严。人类不穿衣服，就等于失去尊严。人类失去尊严，宁可死去。

　　我三岁那年，出手找到她生命的意义。她找到爱情，爱情就是她生命全部的意义。她对我说，如果我找到爱情，自然会明白其中的道理。我相信出手，我们的想法一致，我们是天生一对。

　　出手要为爱情而活，我也要为爱情而活。我也要找爱情，可惜，我和出手完全两样。如果我是一只雄海豚，我会爱上出手。如果出手是一只雌老虎，出手会爱上我。可惜我们不一样。我们外表不一样，内心一样。我们是天生一对，也是天生不对。

　　出手找到雄海豚，跟雄海豚私奔去了。她离开不一样王国，带走了我的心。我不知道要跟谁说话，再也找不到交心的对象。我不想说话，开始沉默寡言。

那年我三岁，我的身体渐渐长大，不怒自威，对爱情却完全绝望。没有爱情，剩下来的，只有威严。我生命的意义，就只剩下威严。

要是我开口说话，阴阳怪气，威严尽失。没有威严，我活不下去。为了保住我的威严，我不再说话，不再让别人听见我的声音。我不在别人面前说话，就像人类不在别人面前脱光衣服一样。

人类为了保住尊严，不随便脱衣服。可是，尿急之时，人类也会褪下裤子。我危急之时，就不能发出声音吗？

我想念出手。如果我呼救，出手会来救我吗？

出手在哪里？我已经多年没有见到她，但是我知道，她在大海里。大海只有一个，没有边际。出手一定是在这个大海里。要是出手听见我在这里，她一定会过来救我。

"出手——救命——出手——救命——出手……"

我不怕出手听见我的声音，她是我的好朋友，早已听过我的声音。她不会笑我娘娘腔，她会同情我的处境。

"出手——你在哪里——快来救我……"

多年没有说话，现在这么大声喊出来，好像吐出喉间的一块浓痰，觉得舒服畅快。

我再大喊一声："我！很！害！怕！"

终于，我听到了回应："你不要害怕……我马上来救你了……"

5. 他看不见我看见

"我来救你了……你在哪里?"

那不是出手的声音。出手的声音尖锐,这个声音浑厚。这是海阔的声音。海阔终于来救我了。他不是在救病鸟吗?怎么会来救我?

"我看不见你……你在哪里?"

天黑漆漆的,海阔看不见我,我却清清楚楚地看见他。国王说过,老虎的眼睛,像一面镜子,能反射光线。在黑暗中,老虎的眼力比人类强六倍。

我看得见,海阔离我不远。他叫我回答他,那真为难我。我怎么能够让他听见我的声音?

"你在哪里?我来救你了……你叫一声吧……你是白马

吗……白马……你叫一声吧……我找不到你……"海阔焦躁地喊叫。

他居然以为我是白马。白马就白马吧。我将错就错，学白马嘶鸣。

"啊……"

"我听到了，白马，你撑住，加油！……白马，你别怕，不要放弃！我就快到了。"

海阔说快，其实也快不了。他游泳的速度就是这么慢。

见到海阔，他吓一跳，我也吓一跳。

他脸色苍白，嘴唇发黑，咻咻地喘气，一看，就知道他累坏了。

"我以为你是白马。"

我踩水，游向他。咦，我真的会游泳。

海阔伸手紧紧抱着我："蛋猫，其实我一直在找你。刚才，我要救你，国王叫我帮他救鸟，我只好帮国王。我把鸟笼捞起来后，回头要来救你，却找不到你。国王告诉我，你顺着海水，往这个方向漂来……"

国王总算还有良心，还给海阔指方向。

海阔轻轻推开我，翻过身体，把龟壳露出水面："爬上我的背吧，我驮着你回去。"

我爬上海阔的龟壳。我的身体太重了，把龟壳压得倾斜。我往下滑落，赶快用前掌抓住海阔的肩膀。

　　"啊——"海阔惨叫一声。

　　锐利的虎爪陷入海阔的肩膀，红色的血液渗了出来。
我赶快放开海阔，回到海水里。

　　海阔捂住受伤的肩膀："没事，没事。蛋猫，你抓住我
的头，我的头顶硬如铁，不会被你抓伤。"

　　我双掌搭在他头顶，先轻轻地按住，再慢慢抓紧。

　　海阔没有叫，他说："好，好。蛋猫，这样好。"

　　我看着他肩膀流着血丝，感到内疚。

龟壳依然被我压得倾斜。海阔使劲划动手脚，艰苦地游泳，气喘吁吁的，却还要说话。

"蛋猫……我找你……找了很久，天都黑了，还找不到……后来我听见叫声……听见有人喊说他很害怕……蛋猫，是你喊的吗?"

我不回答。我不说话。

"蛋猫，你不会说话……我知道不是你……我以为是白马……"

白马也不会说话呀!

"那声音……不是老虎的吼叫……老虎的吼叫不是这样的……"

海阔，你这句话会刺人，刺伤我的心。我也知道，老虎的吼叫不是这样的，所以我才不能说话。

"后来，又叫了一声……蛋猫，是你在叫吗?"

我保持沉默，后悔叫了那么一声。

"或许……是白马……或许是我听错了……我累了……累坏了……"

海阔越游越慢。他逆水而游，稍微休息一会儿，又被海浪冲回去，不进则退。

"蛋猫，你让我歇一歇吧……我真的游不动了……不过……你放心……我不会沉下去的……就把我当作一块浮木吧……抓住我……"

　　海阔为了救我，变成我的一块浮木。我抓住他的铁头，他身体倾斜。我下半身泡在水里，那水，就是冷。有海阔在，我不怕。

　　在这么一个寒冷黑暗的夜晚，海阔游不动了，嘴巴却停不住，哼唱起歌来。

因为我们不一样，所以我们在这里相聚

因为我们不一样，所以我们有存在意义

因为我们不一样，所以我们要更加珍惜

因为我们不一样，所以我要认识你，尊重你，欣赏你

因为我们不一样，所以我会牢牢记住你

也许有一天，我们会分开，不能在一起，不能在一起

到了那一天，我还是一样，牢牢记住你，牢牢记住你

因为你就那么，就那么不一样

6. 我打瞌睡也伤人

不知道过了多少时间，不知道我打了多少次瞌睡。

我只知道，每次打瞌睡，双掌握不紧，爪子往下溜，海阔就会大叫一声。我醒过来，才知道我在他脸颊上划出了血道子。

后来，天空射下一束光芒，让我们看到希望。

那束光芒在海上四处游走，似乎在寻找生还者。

"看！是谁拿着手电筒？是出人头雕吗？"海阔振奋地说。

不是出人头雕，我看得一清二楚，是风起。人类的眼睛太差了。

风起不是在人类世界吗？他什么时候回来了？

风起是半人半鸟，人长得俊俏，有一双硕大的白色翅膀。他最受国王宠爱，国王甚至破例让他离开不一样王国。这么多年来，没有人被允许离开这里，风起是唯一一个。三个月前，他去人类世界找他妈妈。

今天，风起回来了！

手电筒的光束，往我们这里扫来。

"我们在这里！我们在这里！"海阔挥手大叫。

光束在我们身边掠过，没有停留。

"唉，出人头雕没有看见我们！"海阔叹道。

海阔的声音不够响亮，被浪涛声淹没，而人类的眼睛也不够好。

"蛋猫，我们的身体过于渺小，出人头雕他看不见。唉！"海阔叹了一声，随即又说，"我有办法。我把背部顶出水面，你站上去。你的皮毛鲜艳夺目，斑纹抢眼。你站上去，容易被察觉。"

海阔说着，把龟壳顶起来。海阔不喜欢提起自己的龟壳，只说他背部。龟壳就龟壳，这是事实，有什么可耻的？

我的下半身渐渐被托起。我放开他的铁头，想站在龟壳上，却一时站不起来，四条腿酸软，只能趴在他背后。

"这样也挺好，你张开四肢，看起来面积比较大。嘿，好像我背后披着一块老虎皮。"

我是一只大老虎，不是一块老虎皮。我试图站直，无奈后腿在冷水里泡久了，感觉麻痹，不听使唤。

挣扎了好一会儿，我才颤巍巍地立正。我猛然一抖，抖去身上的水珠。海水是冰凉的，空气是温暖的。龟壳像一块陆地，在陆地上，我昂然抬头，嗯，依然威风凛凛。

脚底下的那一小块陆地正在哆嗦着。海阔要把我托起来，手脚加快速度上下划动，耗费了不少精力。听他喘着粗气，我实在过意不去。

海阔，辛苦你了。

一只傲然屹立的大老虎，终于赢得所有灯光。

空中那个手电筒，往我这里照射，光芒停留在我身上。

老虎不失威严。嘿嘿。

风起往我们这里飞下来。

"蛋猫！"风起的声音充满喜悦。

"风起！是你？风起！你回来了？"海阔雀跃欢呼，龟壳陡然倾斜。

"啊！"我重新跌进水里。

幸亏我会踩水，不至于溺毙。

我现在怕的不是海水，怕的是让他们听见我的呼叫声。我的呼叫声微弱，比哗啦啦的海浪声还小，他们的耳朵不好，应该听不见吧？

"海阔，我回来了！"风起靠近我，"蛋猫，你没事吧？"

我把头抬起来，不语。

海阔说："我找到蛋猫，想把他驮回去，可是我太累了，游不动，就在这里歇息。"

"你逆水而行，很不容易。这样吧，你们在这里等，不要走开。我去找一只船，把你们拉回去。"

风起说完，展翅飞走。

海阔乐观地说："蛋猫，来，抓住我的头。我们在这里等风起。"

我不敢再抓他的头，怕刮伤他的脸。我抓住他龟壳的边缘，龟壳也是一样硬。

"这样也好。蛋猫，你放轻松，不要害怕。风起说来救我们，一定会回来救我们的。风起是我的好兄弟，绝对不会让我失望。"

这个我也知道，风起是好人。只是我不明白，他找一只船，怎么来拉我们回去？不一样王国的电瓶船，都是无人驾驶的，由控制中心遥控。现在，控制中心被大水淹没，没有人操作电瓶船，电瓶船还能开过来吗？

"蛋猫，刚才你跌下水时，是不是叫了一声？"海阔质疑。

我装不懂，不回应他。

"那个声音，又不像你的声音……"

你听过我的声音吗？你怎么知道不是我的声音？

"你是一只老虎，而那个声音……好像母鸡叫，不可能！"

什么？

"蛋猫，那是什么声音？你听见了吗？"

那是我的声音哪！

海阔忍俊不禁："哈！"

很好笑吗？我的声音很好笑吗？娘娘腔对不对？

我怨恨国王。要不是国王，我就不会变成这样。我三岁那年，出手找到了爱情，生命有了意义。出手离开后，我也要找爱情。这事让国王知道了，国王怕我步出手的后尘，先下手为强，一刀把我阉割了。

那年我三岁，国王给我注射迷药，我不省人事。醒来之后，下身剧痛，低头一看，才知道爱情完了，泪如雨下。

国王安慰我说："只有人类才注重自己是不是一个男人，老虎不必管这些。保持一颗童心，不是可以活得更快乐吗？"

快乐？我哭得更厉害了。我不只是老虎，我也有人类的脑子。我丧失雄风，哪还有老虎雄性的低沉吼叫声？

国王跟我说过，老虎的耳朵比人类强很多倍，超低沉的声音或超尖锐的声音，人类听不见，老虎都听得见。所以，国王把我带在身边，是为了自己的安全。什么风吹草动，他不知道，我的耳朵知道。

我的耳朵也知道，什么声音才算雄性的吼声。也许人类耳朵不好，也许分辨不出雌雄老虎的吼叫。但我不能欺骗自己，我不想再发出声音。

国王说："奇怪，我只知道阉割后会比较安静，却没听说过会变成哑巴的。"

我就变成哑巴给他看。我不说话，不想站起来，不想走动，怕被人看见我少了什么东西。我开始发胖，体重增至250千克。

国王说："阉割后，懒得动，爱睡觉，发胖，都是正常的。"

我被阉割的事传出后，我尽量掩饰，不让他们证实。有一天，泰迪熊扒开我的腿，看清楚了，嘲笑我是无蛋猫。我要跟他拼了，他怕了我，跪着求饶说："对不起，我说错了，不是无蛋猫，是……是蛋猫。"

别人听见他这么说，乐不可支，都叫我蛋猫。

我不想说话，无法辩驳，只好任由他们叫，叫久了，也就惯了，蛋猫就蛋猫。只要我不出声，蛋猫不失大老虎威严。

"噗噗噗……"

我的耳朵又发挥作用了，远远听见风起飞回来。

风起带着圆圆船回来了。

我认得那只圆圆船，那是一只空船，船舱如圆球，船舷是一个扁平圆环。最初它在海上漂流，被海盗发现。海

盗把它卖给国王，国王把它送给公主做玩具。

我们的公主也是不完全人类，她是半人半鱼，叫瑜美公主。

圆圆船没有引擎，不能驾驶，全靠瑜美公主在前头拉着船绳牵引。

我挤进圆圆船的球形船舱。船舱虽然显得局促，我躺下来，蜷缩在里头，暖烘烘的，安全且舒服。

那天晚上，瑜美公主在前面牵着船，海阔王子在后面推着船，风起王子在上面护送。能得到一个公主和两个王子的救助，我感到何其荣幸！

风起王子久别归来，和两个好朋友叙述他的经历。他不是一个善于说故事的人，说起故事比唱催眠曲还管用。那晚，在风起王子的细语呢喃下，我在球形船舱里香香地睡了一觉。

2044年2月20日，一天之内发生太多事情，每一件事情至今仍然历历在目。大水突如其来，拍打我的屁股，是一个悲剧的开始。最后，王子公主送一只熟睡的大老虎回家，是一个喜剧的收场。

7. 听到不该听的话

整体来说，大水制造了一个悲剧。

大水几乎毁了不一样王国。不一样王国缩小了。我们原本有四个小岛——黑米岛、豆蔻岛、科研岛和鸟兽岛，黑米岛完全消失，豆蔻岛只留下一块礁石，科研岛失去一大半，鸟兽岛瘦了一圈。

大水掠夺我们的土地，还吞噬我们的人。不一样王国损失了三个重要人物——王后、泰迪熊和猪大哥。

国王是坚强的，不为王后哭泣，不放弃他的理想。他要我们别沉溺于悲伤中，要挺直腰板面对苦难。他把豆蔻岛的居民安顿在鸟兽岛，并在变成小岛的科研岛上重建科研基地。

2044年下半年，不一样王国又重建起来。

2045年初，科研岛竖起两栋建筑物——科研所和鸟屋。两栋建筑物坐落在岛的两侧，科研所在东岸，鸟屋在西岸，中间隔了一座山林。山林中，有一条小路连接两栋建筑物。

2045年的一个早上，岛上蒙着一层薄纱般的晨雾。

国王推着任教授的轮椅，从科研所出来，步入林间小路，朝西走去。

任教授的轮椅，是海阔从海底捞起的。捞起来后，电子零件已损坏，轮椅只能靠人力推动。

山林里容易藏人，国王怕叛徒埋伏，把我和出人头雕带在身边。国王提防的是劳工，他知道劳工对他恨之入骨。

劳工都被扣上电子脚镣。大水过后，电子脚镣已经失灵，但国王仍然把电子脚镣套在他们的脚脖子上，给他们一个心理威胁。也许他们还以为电子脚镣有作用，乖乖地不敢逃跑。

他们若要逃跑，也无处可逃。这是一个小岛，要离开这里需要一艘船。可是，这里的电瓶船已经不能操作。

国王另外买了一艘汽船，拴在海边。他担心船被人偷偷驾走，就把引擎卸下，收藏在屋里。劳工若偷走没有引擎的空船，也无法远渡重洋，回不了陆地。

国王不怕劳工逃走，他怕劳工暗杀他，所以，我们两个保镖责任重大。我们也不敢掉以轻心，在林间小路上眼观六路，耳听八方。

耳听八方，该听的和不该听的都听了进去。国王和任教授一段私密的谈话，我们不小心都听到了。听了这一段话，我胸口发闷，肚子隐隐作痛。

他们开始谈话的时候，气氛还算融洽。国王推着任教授从科研所走出来。任教授以为国王带他出来兜风，便深深地吸一口气，说："外面空气真好！"

国王严肃地说："Prof.，半年前一场大水，把我们的心血全冲走了。H4N13疫苗，还有H4N13特效药，都付诸流水了。什么都完了。"

"完了就算了。"任教授答得轻松。

"Prof.，现在科研所重新建起来了，我们可以买仪器和材料，再制造疫苗和特效药。反正我们都已经掌握方法，再做一遍也不难。"

"难！难！难！我的两个医药助理都溺死了，我也老了，手脚不灵活了，做不了。"

"Prof.，您的困境我理解。这一次，不需要您动手。其实，制造疫苗，我还行。制造特效药，我只有一个问题，如何萃取X元素？"

X元素应该是化学名称，叽里咕噜的，我没听明白。

任教授吧嗒吧嗒嘴，想说什么，又没说出来。

"Prof.，我只需要知道 X 元素的萃取方法，就能够制造出特效药。这个特效药制造出来，可以对付所有禽流感，拯救无数人的生命，对人类是多么大的贡献哪！"

任教授嗤之以鼻："你为了人类？你还不是为了钱？"

国王哑口无言。他沉默了一阵，推轮椅的猩猩长手指微微颤抖。他倒抽一口气，硬气地说："没错！君子爱财，取之有道。"

"你是君子？"任教授不屑地问。

"是啊，我是正人君子。Prof.，您怀疑我啦？有什么误会，您说出来吧。也许我哪里做得不好，做错了，请您批评，我一定改进。"

教授叹息，顿了一顿，才说："大水那天，海阔把我救上来，我坐在铁塔上，看见你了。我看见你在鸟屋上，望着那些鸟。"

"对呀，那些鸟对我们很重要，是我们病毒的基因库。"

"那时候，蛋猫在附近的一棵树上，为什么你不去救他？"

就是！国王，我想问您这句话好久了，只是开不了口。

"蛋猫？他会游泳啊！"

"蛋猫被大水冲进大海，会游泳也没用。"

国王瞥了我一眼，说："怎么会没用？你看蛋猫，不是活得好好的？"

"是我叫海阔去救蛋猫的，可是，你却叫海阔去救鸟。"

任教授为我伸张正义，我好感动。

"Prof.，我面临两难哪！我想救鸟，也想救蛋猫。两方面都很危急，鸟在水里不能呼吸，蛋猫在树上还能呼吸，我当然要先救鸟。"

"井本，我看到你那么紧张，觉得事有蹊跷。我一向忙碌，没有去想太多问题。那天，我静静地坐在铁塔上，头脑清醒，才看明白了。"

"明白什么？"

"大水之前，我们不是成功制造了H4N13特效药吗？"

"是的，Prof.，那是您的功劳。"

"那你为什么还要保留一屋子的鸟？"

"我们要制造疫苗哇！疫苗需要H4N13的病毒。那些鸟，为我们保存病毒。Prof.，这个道理，您不是很清楚吗？"

"我很清楚，一只鸟就有亿万个病毒。你要保留病毒，留几只鸟就够了。病毒取之不尽，为什么你还要养几百只鸟？"

"Prof.，这是后备呀。准备多一些，有什么不好？"

"不好！"任教授愤然道，"万一有什么疏漏，一只鸟飞出去，把病毒传给其他鸟类，一传十，十传百，会害死多少人？"

"Prof.，您老糊涂了吗？我们有特效药，人类不必害怕H4N13。"

"我就是老糊涂了，才相信你。现在我看穿你的阴谋了。你要把几百只病鸟放出去，让全世界恐慌，有病的跟你买特效药，没病的跟你买疫苗。你不管人类的死活，就是为了钱，对不对？"

国王阴鸷地一笑，冷冷地说："Prof.，您很厉害，我知道我做什么事都瞒不过您。既然您捅破了，我也不想否认，我就是为了钱……"

我的心咯噔一下。原来国王研制疫苗和特效药，不是为了救人，而是为了金钱。他根本就不喜欢人类。

"你贪得无厌，要这么多钱做什么？"

"为了建立我们的国家呀！Prof.。"

"我们的国家不是已经建立了吗？"

"我们现在这个不一样王国，"国王苦笑，"没有国际地位，做事得偷偷摸摸，万一被人发觉，马上会被剿灭。我需要一大笔钱，买最先进的武器，和人类抗衡，让他们知道我们不完全人类的厉害。"

"为了钱，你不惜杀死千千万万无辜的人类？"

"Prof.，冒昧地说一句，您是人类，我不是人类。我是不完全人类。这个世界上，人类太多，不完全人类太少。寡不敌众，我不能坐以待毙，只好放出一些病毒，灭一灭人类的威风。"

"你要和人类对抗，我不跟你同流合污。这种事，我不干!"

"Prof.，就算您不干，也得先告诉我萃取 X 元素的方法。"

"不说!"

"Prof.，您不要逼我……"

"你想对我怎样? 杀死我? 你杀死我吧，我死也不说!"

国王气急败坏地把任教授推进鸟屋。

鸟屋是一个长方形木板仓库，没有窗户，只有屋檐下的气窗。里面也没有电灯，只靠屋顶的一片玻璃采光。

任教授怒喊: "Chimp! What are you doing?"

鸟屋里的鸟也跟着叽叽喳喳，嚣杂吵闹。

国王大声说: "Prof.，您不说，我也不敢对付您。但是，既然您已经知道我的秘密，又反对我的战略，我就得委屈您暂时住在这里。我担心我放您出去，您会破坏我的计划。"

任教授叫嚷: "你要我和病鸟住在一起，不如让我死。"

国王不管，打开一个空铁笼，把任教授推了进去。

任教授摔倒在地上，咬紧牙关用手把身体支撑起来，蹲坐在铁笼里面，狠狠地瞪着国王: "Chimp……"

"Prof.，您已经打了预防针，不会死的。等我把萃取 X

元素的方法找出来，把特效药研制出来，把鸟放出去，我的计划成功之后，我就放您出来。"

"你……"任教授气得说不出话。

"Prof.，如果您想提早离开，先把萃取X元素的方法告诉我。"

"你休想！"任教授怒吼。

"Prof.，得罪了。您好好休息，好好想想。"国王把鸟屋的门轻轻关上。

国王推出空轮椅，在鸟屋外面深呼吸。

出人头雕栖息在鸟屋旁的一棵树上，瑟瑟发抖。

国王抬头睨他一眼，警告说："今天你所看到的、所听见的，都是秘密。你小心自己的嘴巴！"

出人头雕脸色刷白，唯唯诺诺地说："是，是……"

国王没有对我说什么，他知道我不会泄露他的秘密。

我们保护国王走回科研所。

我觉得国王好像变成了另一个人。

人类1300克的脑子，里面弯弯拐拐太恐怖了，连我这只大老虎都发怵。

8. 他吻一下我的头

"蛋猫，蛋猫。"

耳边微弱的声音把我叫醒。我横躺在国王房门口外面，那是保镖睡觉的地方。

窗外天色十分阴暗，曙光未露，应该是凌晨时分。

四周黑沉沉的，可是我看得清楚。

出人头雕靠近我头边，呆呆立着。他从来没有这么热情地呼唤过我，到底发生了什么事？

他眼睛红肿，好像哭过。他看着我，表情陌生。我们虽然天天见面，天天陪伴在国王身边，却从来没有这么近距离对视过。

"蛋猫，我要走了。"他细声细气地附在我耳边说。

其实他不必挨得这么近，我听得见。老鹰的味道并不好闻，没必要这么亲昵。我抬起上半身，瞅着出人头雕。

你要走了？什么意思？

"我要离开这里。"

他要离开这里？可能吗？他可能离开国王吗？他没有朋友，对国王唯命是从。国王就像他的脑子，他就像国王的手臂，他能离开国王吗？

"我看不下去了。"

你看什么看不下去？

"我一向尊重国王，把他当作爸爸。他说什么，我都听他的。"

这个我知道。你唯唯诺诺，毕恭毕敬，把国王当作神。

出人头雕流下两行眼泪。我第一次看见他哭。他那小小的人脸也能流出这么多泪水。

"可是……当我知道他要放鸟出去害人类，我就想到前几年的事。三年前，鸽子身上携带禽流感，人类因此而杀死了所有鸽子。四年前，乌鸦携带禽流感，人类杀死了所有乌鸦……"

这些，你以前就知道哇。你曾经到过人类世界，目睹了乌鸦和鸽子的灭亡。可是以前你不哭，现在你却哭了。

"现在的病鸟，携带的病毒更厉害，会传染给所有鸟类。病毒一旦传开，人类就会杀死所有鸟类。"

噢，我明白了。出人头雕是一只长着人头的老鹰，到
时候，人类看见老鹰就开枪，他也难逃一死，他害怕了。

"如果人类不杀死鸟类，那鸟类就会用禽流感病毒害死
所有人类。"

那么世界上就只有鸟类没有人类，你这只老鹰就可以
做王了。

"不管人类害死鸟类，还是鸟类害死人类，我都受不
了。我有一半是人类，有一半是鸟类，我怎么能够看着人
类和鸟类互相杀害？"

说的也是。你半人半鸟，舍不得人也舍不得鸟，才有
这种体会。我换位思考，如果人类要杀死所有老虎，或者
老虎要咬死所有人类，我也会发疯抓狂。

"鸟类害死人类或人类害死鸟类，都是国王将要做的
事。我怕我看不下去，会把国王杀死……"

这个你放心，有我这个保镖，国王不会那么轻易地被
你杀死。

"要是国王死了……这样我生命失去重心，也活不下
去。"

原来如此。出人头雕打从娘胎出来，就为国王效劳。
国王要他做什么，他就做什么。要是没有国王指示，他不
知道自己应该做什么。每个生命都有意义，出人头雕生命
的意义是效忠。

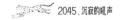

出人头雕抬起一边的翅膀，扭转小小人头，把眼泪擦在羽毛上。

"所以，我只好离开。"

你要去哪里？你离开国王，没有国王指示，你知道自己要做什么吗？

我扬起下巴，把头歪向一边，斜眼看出人头雕。这是我的表达方式，表示我有疑问。

出人头雕会意，回答："我只知道我必须离开这里，也不知道我要去哪里，要做什么。我能走多远就走多远，能做什么就做什么。我不像出手，她可以找到一个伴侣，我去找谁？"

对呀！你半人半鸟，人不像人，鸟不像鸟，既不能找一个人做伴侣，也不能找一只老鹰谈恋爱。你只能孤独终老。

他比我更可怜。我至少长得像一只大老虎。不只是像，看起来根本就是一只大老虎。我要找一只雌老虎没有问题……不！有问题！

"我没有朋友，没有亲人。和我最接近的，就只有你了。你算不算我的朋友？"

我点头。虽然我们以前不熟悉，但是经过他今天的表白，我们应该算是朋友。

"谢谢你。我要离开这里了，想到自己就这么悄悄地离去，连一个可以道别的朋友都没有，觉得自己太可怜了，就找你来了。你愿意把我当作朋友，我太高兴了。谢谢你。"

出人头雕竟高兴得滴下了眼泪。

"再见，我亲爱的朋友!"

出人头雕飞上来，在我额头轻轻地吻了一下，然后嗖的一声飞走了。

不知道他跟谁学了这一招。我被他吻了一下，其实额头没有感觉。他只是把我额头的虎毛弄湿了。有感觉的是我的眉须。我眉毛的长须被他拨弄了一下，感觉怪怪的。

我打了一个喷嚏。

9. 他说谎话也流泪

国王睡醒了，打开房门。

房门"呀"的一声，我赶快起身挪开。长久以来，睡在国王房门外，房门的声音，已经变成我的闹钟。房门稍有声响，就会引起我的本能反应。其实，晚上我也睡得不沉。猫科动物，本就昼伏夜出。

"出人头雕呢？"

他知道我不会回答，只是自言自语，自己问自己。

出人头雕晚上睡在红木衣帽架上，现在衣帽架是空的。偶尔他也会离开衣帽架，飞出窗外，给大树施肥。他施肥花的时间不多，飞出去撒一下，转个圈就回来，速战速决。

"雕！雕！"国王叫了两声。

国王抱着手臂等待，出人头雕并没有飞回来。

他察觉不对，横眉怒目，转头大声问我："出人头雕呢？"

我抬头看他，装作若无其事。问我？喊破喉咙都没有用。

"你这个哑巴！"他不满地骂道。

我站直身子，昂起头。你错了，我不是哑巴，我只是不想说话。

国王打开大门，在门口张望，嚷道："雕！雕！"

外面没有回应。

一个劳工拖着一辆板车，远远走来。他瘦骨嶙峋，由于正在爬坡，拉车拉得很吃力。大水过后，劳工不再戴面具。他眼睛半眯着，龇牙咧嘴的；脸庞中间一个猩红鼻洞，冒着一颗青黄色的鼻涕泡泡。

他身后的板车上载着一台机器。这台打印机已经断了"手臂"，生满斑驳的铜锈，还长着几个灰白色牡蛎。

海阔跟在机器后面，浑身湿漉漉的，手里挥着一根藤鞭。他望过来，仿佛看见亲爹一样，兴奋地喊：国王，我又捞起一台3D打印机！"

劳工抬头看见国王，双膝一软，跪在地上。

海阔一鞭往他背后抽去，怒骂："谁叫你停下来的！"

国王看着海阔欺负劳工，满意地点头。

海阔的言行举止，越来越像国王。他把国王当典范，雄心勃勃。

"你有没有看见出人头雕？"国王对海阔说话，语气温和多了。

海阔奔过来："没有，一个早上都没见到。出人头雕不见了？"

"不知道去了哪里。"国王向海阔招手，"进来里面说。"

海阔在外面挥去身上的海水，才踏进门来。

国王拧着眉毛，细声说："我有一种不好的感觉，我担心出人头雕已经被人类杀死了。"

"对，很有可能。"海阔附和说，"他管人类管得很严，是人类的眼中钉。"

大水过后，岛上没有电子监视器。出人头雕多了一个任务，负责监督劳工。每天国王在实验室里工作时，出人头雕就飞到工地巡视，揪出那些偷懒的劳工，交给海阔惩罚。

国王瞅着海阔，不出声，看海阔怎么应付。

海阔马上说："我现在就去查，出人头雕在哪里，是不是被人类杀了，今天一定会查出结果。"

"你也去。"国王踢我一脚，扭头对海阔说，"人类有五百万个嗅觉神经，老虎有两千万个。他的鼻子比我们灵敏，应该闻得到出人头雕的味道。你带他一起去。"

"好。"海阔拍拍我的屁股，"蛋猫，我们走一圈，一定能找到出人头雕。"

我不喜欢人家拍我的屁股。

国王补充说："活的死的，我都要见到。"

"好。"海阔盯着任教授的轮椅，说，"国王，我有一个问题。"

"什么问题?"

"我两天没有看见任教授了，他是不是生病了?"

国王愣怔着。

任教授的房门紧锁。

哼，看你怎么解释!

国王眼眶一红，竟掉下了眼泪，哽咽着说："任教授……他……他死了。"

胡说八道! 还能掉泪，装得可真像啊!

"死了?"海阔张大嘴巴，眼泪夺眶而出。

海阔的眼泪，才是真眼泪。

"你去找出人头雕，"国王噙着眼泪说，"任教授的事迟些再说。"

我跟着海阔离开，回头看了国王一眼。

国王眼泪未干，掀起一边嘴角，对我心照不宣地一笑。

他以为我欣赏他的演技。呸，不要脸!

10. 你不会死我才怕

我陪国王走入鸟屋，国王端食物给任教授吃。托盘上有一条鱼、一截玉米棒、一团地瓜泥。目前粮食匮乏，有这样的午餐，算是丰盛的了，看来国王对任教授并不是太绝情。

任教授别过头去，不看国王，不跟国王说话。

国王放下食物，虚情假意地说："Prof.，不是我想害人类。人类在大水过后，也不见得好过。土地缩小了，粮食减少了，人口拥挤。我不害死他们，他们也会自相残杀。"

任教授一声不吭，脸上粘着两团眼屎，眼角泛着泪光。把他关在鸟屋里几天，他看起来老了几年。

国王掩着鼻子，继续说："Prof.，我这么做，也是迫不得已的。我们太需要钱了。"任教授不理不睬。他一身馊臭，头发糊成一块灰色大饼。

"Prof.，我真的不忍心看您在这里受苦。只要说出萃取X元素的方法，我们就回科研所去，从头来过。过去的事，既往不咎，好吗？"

任教授一动不动，身体好像缩小了，他蹲在笼子里，越发像一只鸟。

国王拿任教授没办法，绷着脸从鸟屋出来。

我陪伴他，走在林间小路上。

出人头雕不在，国王更加谨慎，左顾右盼，一手按住挂在腰间的伽马枪。国王刚买了一把伽马枪，据说比激光枪强上一千倍，射出来的伽马射线能在人体上穿一个大洞。

我们默默地走着。

我听见远处有飞鸟声，抬头望去，果然看见Aralumba从鸟兽岛的方向飞过来。

Aralumba也是不完全人类，有金刚鹦鹉的头和鸽子的身体。他飞到国王眼前，国王才看见。人类的感官，太过迟钝。

国王挥手赶他离开。"去！去！Aralumba，你走开，别过来。"Aralumba在我们前面停住不动，问："为什么？"

国王喊道："这里危险，别过来。"

奇怪！这里危险？这里的确对国王危险。树林里可能藏着人类，人类可能想刺杀国王。国王危险，又不是Aralumba危险。

Aralumba飞走了，在科研所大门口等我们。

我们走到科研所，国王又挥手。"去，去！再远一点儿。"Aralumba退到码头边缘，停在一根木柱上。

我们走到码头，国王才对Aralumba解释说："那边有鸟屋，鸟屋里有病鸟，万一你染上禽流感，怎么办？"

我这才想起，Aralumba和风起没注射H4N13疫苗。去年我们打预防针时，他们两个都在人类世界。后来发大水，把H4N13疫苗全冲走了，就没再给他们注射。

Aralumba顶嘴："报告国王，我是一只鸟，就算染上禽流感，最多伤风感冒，不会死的。"

"就是你不会死我才怕，"国王粗声厉语地说，"我怕你把病毒带回鸟兽岛，传染给风起王子。"

"对不起，国王。"Aralumba小声地说，"风起王子也是半只鸟，怕禽流感吗？"

"他也是半个人哪！你怎么知道他不怕？你知道我那超级病毒有多厉害吗？我就是怕风起王子抵挡不住才不让他来这里。哼，你知道什么！"Aralumba咋舌，不敢再作声。

"你来找我有什么事？"国王问。

Aralumba抬头用飞快的语速说："报告消息，风起王子和独角龙打起架来了。"

"打架?"国王没听明白。

我也没听明白。一条大蟒蛇和一个半人半鸟怎样打架?

Aralumba 背稿似的说:"风起王子养了一只宠物,那只宠物是一只小狸猫。独角龙知道了,潜入风起王子的蒙古包里,一口把小狸猫吞了。风起王子发现,和独角龙吵了起来。独角龙扑过来,缠住风起王子,也要把风起王子吞掉……"他说到这里,顿一顿。

这只小鸟,不知什么时候学会了卖关子。

"风起王子怎么啦?"

"幸亏有点花在,有点花扑过去,咬了独角龙一口。"

"有点花? 谁是有点花?"

国王不知道有点花。我也没听过这个名字。

"有点花就是那只豹子。"

"哦,那只印度支那豹。"国王点头,又皱眉问道,"他会咬独角龙?"

我也纳闷。那只印度支那豹,是不完全人类,有人类的眼睛、嘴巴和手指。国王认为人类的文明来自人类精妙的眼睛、灵活的手指和会说话的嘴巴,所以才制造出这么一个怪物。

这只怪物有人类的嘴巴,也有人类的牙齿。人类的牙齿最差劲,咀嚼植物比不上牛马,吃肉比不上老虎,就只会伶牙俐齿空口说白话。

用人类的牙齿咬独角龙？独角龙有巨蟒的身体，鳞硬皮韧，怕他咬？

Aralumba偷笑一声，说："有点花咬起来也没有什么杀伤力，只像在搔痒，却惹得独角龙大怒。独角龙转身要攻击有点花，有点花身手灵活，蹿过来蹿过去，独角龙追不到……"

他又卖关子。国王紧跟着问道："然后呢？"

"风起王子在这时候拔出激光枪，对独角龙开了一枪。"

"射死独角龙？"

"没有，风起王子只对准独角龙的尾巴开枪。独角龙痛得大叫，狠狠瞪了一眼风起王子就离开了。"

"风起王子没事就好。就只是这样？还有什么事吗？"

"国王，我怕事情不会这样就结束。小孙也看见这件事情了，他……"

小孙是国王和王后的亲生儿子，黑猩猩的身体，人类的脸，相貌滑稽可笑。

"小孙怎么了？"

"小孙和独角龙一起离开，在独角龙身边嘀咕着。你知道小孙本来对风起王子就不满……"

"为什么小孙对风起王子不满？"

"国王，你不知道吗？都是你造成的。你剥夺了小孙的王子地位，又敕封风起和海阔做王子，再加上你那么宠爱风起王子……"

"说重点!"国王怒喊。

"重点是……嗯……是小孙妒忌风起王子,会唆使独角龙复仇。独角龙那么大一条蟒蛇,爬起来不声不响,晚上只要潜入风起王子的蒙古包,张开嘴巴就可以把风起王子活生生吞进肚子……"

"够了够了,让我想一想。"国王闭目沉思,然后抬头对 Aralumba 说,"你先回鸟兽岛,召集所有人类和不完全人类在沙滩上集会,我有重要事情要宣布。"

"遵命!"Aralumba 飞上天空。

国王去房间取出引擎,扛着引擎回到码头。

他爬入汽船,把引擎安装好,向我招手说:"下来吧!我们去看看。"

国王要带我去?太好了!

我很久没去鸟兽岛了,听说海阔在那里建了一个美丽的沙滩。鸟兽岛原本有一个沙滩,被大水淹没了。海面涨至一个山坳,山坳处也有沙地,不过沙砾粗糙。海阔从海底挖沙,重建了一个沙滩。

国王要带我去鸟兽岛,我得意忘形,忘了自己体重有250千克,纵身跳上了船。

汽船猛烈晃荡,海水溅到了国王的脸上。

国王瞪了我一眼,抹去脸上的海水。

　　我在船上站好，屈膝低下身子，伏在船底板上。这只小汽船陈旧狭窄，我这只大老虎挤进去，身体两侧都被船帮夹住。国王贪便宜，才跟海盗买了这只旧船。

　　国王若有所思地说："蛋猫，我想过了，独角龙和风起王子，不能在一起。我决定把独角龙调来科研岛。"

　　可是，独角龙负责看管鸟兽岛。独角龙不在，谁来看管？我歪着头看国王。

　　"以后，鸟兽岛由你来看管。"

　　我欣然点头。我太高兴了。

　　Aralumba忽然出现，飞落在船舷上。

　　国王怒喊："我不是叫你去鸟兽岛通知他们集会吗？"

　　"我知道。"Aralumba说，"可是我想到没有人去码头迎接你，我回头来问你，要派谁去接你。"

　　"你叫小孙来接我。"国王命令道，"快去！"

　　"是！"Aralumba转一个圈往鸟兽岛飞去。

　　国王又转过头对我说："以后你坐镇鸟兽岛，你就是百兽之王了。"

　　太棒了！想到我是百兽之王，我不禁昂然起立，威风凛凛。

　　我一站起来，汽船就左右摇晃。

　　"给我坐下！"国王命令我。我讪讪地坐下。

11. 我最重要的时刻

　　摩托声嘎嘎响，海涛澎湃，我们坐在汽船上一颠一颠的，朝东南航行。远眺鸟兽岛，鸟兽岛看起来只有痦子那么大。大水过后，鸟兽岛也变小了。

　　国王面对我，没话找话，心血来潮地给我上课："蛋猫，以后你是鸟兽岛的岛主，要多了解鸟兽岛。我们将要去的码头，在鸟兽岛西海岸。你看，北端高高拔起的山峰，像一个鸟头，我们叫它鸟头峰。"

　　我望过去，那个山峰果然像高高挺起的鸽子头。

　　"鸟兽岛是长形的，南北纵向，贯穿南北的山脊叫作马背岭。我们现在去西海岸，而集会地点在东海岸。从西海岸到东海岸，就得攀越马背岭。"

我看见西海岸的码头了。码头上有一个不安分的黑影，应该就是小孙。

"鸟兽岛南方还有一个羊尾崖，不过，我们这个方向看不见。羊尾崖是候鸟聚集的地方。我们在那里挂一个雾状的丝网，捕捉候鸟。"

海阔每天都去一趟鸟兽岛，带几只鸟回来，放进鸟屋里面，让它们感染禽流感。那几只鸟，应该都是在羊尾崖捕捉的吧？

我们的汽船经过鸟头峰。我抬头，赫然望见白马站在上面。好家伙，这么高的山峰也登得上去！去年白马飞上豆蔻岛的山头，已经让人啧啧称奇。现在白马立在鸟头峰上，他是不是飞上去的？

白马原本住在豆蔻岛。他有一双翅膀，翅膀太小，身体太大，要飞也飞不起来。白马没有放弃，仍然相信自己的翅膀，天天练习飞翔。

去年大水，白马拔腿狂奔。海浪比他快，铺天盖地而来。有人目睹，白马后蹄一蹬，腾空而起，身轻如燕，掠过树梢，扑棱扑棱飞上山头。

现在豆蔻岛被淹没了，只剩下那个山头。山头变成一块礁石，涨潮时被海水遮蔽，退潮时刻才露出水面。豆蔻岛不再适合居住，白马被安置在鸟兽岛。鸟兽岛的山峰更高，白马是不是飞上去的？

　　白马现在不是应该在沙滩集会吗？怎么还在鸟头峰上？我低下头，装作没看见白马。要是国王知道白马没有去集会，可能会不高兴。

　　汽船靠向木板码头。小孙站在码头上等待，扭着自己的双手。国王伸出长长的手臂，攀上码头，把船拴好后，回头看他儿子。小孙怯怯地叫了一声："爸爸!"

　　国王把小孙搂在怀里。小孙已经八岁，以人类的年龄来说，他还小；以黑猩猩的年龄来说，他已经长大。以前他总是爬到他爸爸头上去，自从被他爸爸剥夺王子的地位后，父子俩再也不那么亲密。

　　我没有跳上码头，而是纵身扑向陆地，直接跃到斜坡上。回头看国王，国王的眼睛直勾勾地瞅着小孙。毕竟是自己的亲骨肉，怎么脱离得了关系？

　　"想不想跟我去科研岛?"国王问小孙。

　　小孙睁大眼睛，难以置信地看看国王，细声地说："想。"

　　"那你得好好帮我工作，不能再胡闹了。"

　　"好!"小孙咧开大嘴巴，喜形于色。他和他爸爸不一样，他爸爸有一个人头，他却是人脸黑猩猩头。

　　看他们父子团聚，我心中有种莫名的喜悦。亲情，这就是亲情。真让人羡慕。我父母是马戏团里头一对孟加拉虎，没有给我留下丝毫记忆。我也不会有儿女。我注定没有亲情，孤孤单单度过一生。

国王牵着小孙攀上斜坡，我跟随于后。

小孙急着说："爸爸，风起要杀死独角龙……"

国王纠正他："是风起哥哥。"

"嗯……风起哥哥要用激光枪杀死独角龙，幸亏独角龙跑得快，不然早被风起哥哥杀死了。"

国王冷冷地问："风起哥哥为什么要杀死独角龙？"

"有点花很坏，欺负独角龙。独角龙追有点花。风起哥哥偏袒有点花，开枪射杀独角龙。独角龙赶快逃命，不过，尾巴还是被枪击中。现在独角龙尾巴拖着一个大肿瘤，行动都不方便。"

"知道了。""我觉得是风起哥哥不对……""别说了，我自有判断。"小孙闭嘴，不敢说下去。

我们爬上马背岭，走到较为宽阔的地方，一个白影从天而降。白马立正，对国王深深鞠躬。

国王并没有责怪白马，反而赞道："白马，你飞得真好！"白马踢踏踢踏地转圆圈，摇头晃脑，开心得看起来有些傻乎乎。

国王走近白马，抚摸他的翅膀："哇！你的翅膀长大了！"

果然大了。翅膀长得又宽又大，一根根羽毛好像并列的银剑。而白马的身体也瘦削了，肋骨明显浮凸。他现在翅膀宽大，身体轻盈，难怪飞得起来。

国王拍拍白马的颈项，鼓励道："加油！不出一年，你就可以在天空翱翔了。"

白马兴奋得后腿蹦跳起来。白马的快乐很简单。他最大的快乐来自飞翔。除了飞翔，他的生命还有什么意义？没有。他生命中最重要的意义，莫过于飞翔。

飞翔很重要吗？我不会飞，还不是活得好好的？或许，我的不重要，是白马的重要；我的重要，是白马的不重要。每个人都有自己生命的意义。白马生命的意义是飞翔，我生命的意义就是威严。

威严对白马并不重要，可有可无。人们怎么看待白马，白马都不介意。白马我行我素，他的生命他自己做主。

"蛋猫！"国王喊我。我回过神来，见国王、小孙和白马已经走下斜坡，我赶紧跟随。

在斜坡上，看得见东海岸美丽的景色。山坡下有一片洁白的沙滩，山坡上有葱郁的草木，海边还有一块鼓形大石头。

我还看见四个蒙古包，两个在沙滩上，一个在树林里，一个在大石头边。蒙古包显得陈旧，外表斑斑点点，留着海水浸过的痕迹。

一行人，还有不完全人类，列队站在沙滩上。我们走下斜坡，他们就有节奏地鼓掌，欢迎我们的到来。不能鼓掌的不完全人类，只能跟着节奏摇晃身体或点点头。

我看见风起、Aralumba、有点花、独角龙和瑜美公主。瑜美公主泡在沙滩的水沟里，她离不开水。另外还有三个人类，一个是余妈妈，两个是女佣。三个人类站在一起，物以类聚。

我们走下斜坡。国王一只脚一踏在沙滩上，沙滩上的队伍约好似的一齐鞠躬，齐声问候："国王，早上好。"

国王快步走向鼓形大石头，跳上去，把大石头当作讲台，面对大家说："今天，我特地来这里，要向大家宣布一件事情。"

我站在大石头旁边，四腿直立，把头抬高。这是我生命重要的时刻。我生命的意义就是威严，我的威严将在今天提升到另一个高度。百兽之王，威风凛凛，就是我现在这个样子。嘿嘿。

12. 王子的错不算错

国王正要宣布消息，瑜美公主打岔说："爸爸，等一等。"

瑜美公主从水沟游出去，游到大石头旁，两手扑在石头边缘，而下半身仍浸泡在海水里。她嗲声嗲气地叫了一声："爸爸——"

"宝贝，你也要上来吗？"

国王伸手要把瑜美公主拽上石头。

瑜美公主摇头："不。爸爸，我泡着海水比较舒服。"

国王蹲下来说："宝贝，有什么事情吗？"

瑜美公主攥住国王修长的手臂，细声地问："爸爸，我有一个问题要问你，可以吗？"

国王皱眉头，问："很急吗？"

"很急。"

"你问吧。"

瑜美公主悄悄说："听说，你要把独角龙调到科研岛去，然后让蛋猫来管理我们。可是，蛋猫不会说话，我们不明白他的意思，他怎么管我们呢？"

瑜美公主说得很小声，可是大老虎的耳朵会转动，像一个搜索器，能搜索微弱的响声。公主的话，都被我漏斗般的耳朵收进去了。

国王听了瑜美公主的话，脸色骤变，但对瑜美公主说话还是轻柔的："宝贝，你别听 Aralumba 胡言乱语，爸爸自有打算。"

Aralumba 胡言乱语？他说的是事实啊。国王不是说过要把独角龙调走，让我看管鸟兽岛吗？

公主说的才没有道理。她说我不会说话，不能看管鸟兽岛。独角龙也不会说话呀！独角龙不会说话能够看管鸟兽岛，我就不能吗？

国王站起来，瞪着 Aralumba，骂道："由你来宣布消息吗？"

Aralumba 吓得在沙滩上发抖。

"不是……国王……不是……"

"你知道我要宣布什么吗？"

Aralumba 连忙摇头说："我不知道……我……什么都不知道……"

"你就是多嘴！散布谣言！你应该向蛋猫学习，做个哑巴。"

国王，我不是哑巴。我能说话，而且说得很好，只是我不想说。

风起站立在沙滩上，风采依旧。

国王虽然叫 Aralumba 当哑巴，却问风起："风起王子，在我宣布之前，你有什么话想说吗？"

风起温和地说："没有，国王爸爸。"

"你来到鸟兽岛，也已经一年了。这一年来，你对独角龙看管鸟兽岛有什么意见？"

风起竟说："国王，我没有意见。独角龙管理得很好。"

独角龙盘踞在沙滩上，骄傲地昂起头，神气十足。

国王扭头问其他人："你们对独角龙看管鸟兽岛都没有意见吗？"

"我有意见！"有点花眨眨眼睛，举起手。

"你有什么意见？"

"国王，我叫有点花。风起王子被独角龙欺负，然后，他不敢说，然后，我说……"

"没有！没有！没有！"小孙跳起来，"爸爸，有点花乱说话，不要相信他。"

"你给我闭嘴!"国王对小孙大喝一声,回头问有点花,"然后?"

"然后……然后,我从头说起。风起王子养了一只狸猫,然后,独角龙吃了他的狸猫,然后,他们吵架,然后,独角龙要咬风起王子,然后,我咬独角龙,然后,独角龙追我,然后,风起王子拔出激光枪,然后,射中独角龙的尾巴,然后,独角龙逃走,然后……完了。"

小孙扭着屁股小声对有点花说:"然后然后然后,没有人听得懂你说什么。"

国王问:"余妈妈,有点花说的是真的吗?"

余妈妈是瑜美公主的亲生妈妈,却跟国王没有什么关系。她打了个冷噤,怔了一怔,才紧张地说:"国王,我不在现场,没有看见今早发生的事。不过,我相信有点花,他是个诚实的孩子,不会说谎。"

国王又问风起:"风起王子,你是当事人,你怎么说?"

"有点花说的,都是事实。这件事,也怪我。我一时冲动,对独角龙发脾气。我也不该用激光枪射他的尾巴。"风起转头对独角龙道歉,"独角龙,对不起。"

独角龙得意地点头,并高举他的尾巴,尾巴肿起一个大疙瘩。

国王想了想,说:"无论如何,独角龙对王子无理,就是独角龙不对。独角龙必须接受处罚。风起王子,你认为应该怎样处罚他？"

风起连忙说："国王爸爸，你别处罚他，这件事我也有错，不能全怪他。"

"王子的错不算错。"国王接着说，"独角龙将被降职，被调到科研岛负责其他工作。从今天开始，蛋猫将留在鸟兽岛里……"

国王扭头看我，我昂然挺身直立。

"蛋猫将是风起王子的保镖，负责保护风起王子的人身安全……"

什么？为什么会这样？

国王的这句话炸碎了我的心，我的希望瞬间破灭了。不，我还有希望。国王只说出我的一个职责，除了保护风起王子，我是不是也可以管理鸟兽岛？

国王看着有点花："而有点花……"

有点花摇摇尾巴。

"有点花将负责保护余妈妈和瑜美公主的安全。"

有点花欣然跳到余妈妈身边。余妈妈抱起有点花，轻轻地抚摸着他。

小孙向国王挥挥手："我呢？我呢？"

"至于小孙，他将陪我一起回科研岛，在科研岛当我的助手，帮我工作。"

风起开口了："国王爸爸，我也愿意去科研岛帮你工作。"

国王摆摆手："你不行，你还没有打H4N13的预防针，科研岛有很多病鸟，我担心你会被传染。"

风起反驳："可是我也是……"

国王打断他的话："你也是人，是人就会有危险，那H4N13病毒很厉害。还有，你必须留在这里，鸟兽岛需要你。从今天起，风起王子就是鸟兽岛的岛主，鸟兽岛由他来管理。"

瑜美公主拍手叫好。

白马禁不住跳起踢踏舞。

有点花跳到风起身上，拥抱风起。

小孙跺脚，叫道："爸爸……我也可以……"

国王对他怒吼："你闭嘴!"

我垂下头，我的希望落空了。

不是说好鸟兽岛由我管理吗？国王怎么能出尔反尔？

算了。一只被阉割的老虎，失去雄风，如何称王？

我只好认命，乖乖当风起的保镖。

小孙指着一个女佣说："爸爸，我去科研岛，谁来照顾我？我要西塔陪我去。"

"西塔？"国王眯起眼睛瞅着那个女佣，好像想起什么。

我也望过去，她就是西塔？看西塔的脸，我吓了一跳。

这是我第一次看清楚女佣的脸。以前劳工和女佣都必

须戴面具，大水过后，面具掉了，他们就露出真面目。这
些人的脸庞没有鼻子，中间露出一个血红的大洞，看了让
人恶心。

　　看西塔的脸，不只让人觉得恶心，还让人觉得痛心。
要不是脸的中间有一个窟窿，她还是长得面目姣好的：鹅
蛋脸，浓眉大眼，虽然嘴巴略微厚大，也算娇艳。

　　国王想起什么，问道："西塔，你是不是跟希瓦一起来
的?"

　　"是。"西塔喜形于色，大嘴巴咧开来，眼眶溢出喜悦
的泪水。因为鼻子有一个大洞，她说话漏风，发出嘘嘘声。

　　希瓦这人我也知道。他是科研岛上的一个劳工。大水
来时，我看见他爬上铁塔，那时我还不知道他的名字，只
记得他通知任教授树上有一只大老虎。后来，他因在科研
岛立功，声名大噪，我才知道他叫希瓦。

　　"不行!"国王断然否决，"小孙，西塔不能去科研岛。"

　　小孙噘起嘴巴，问："那我去科研岛，谁来照顾我?"

　　国王把眼光投向另一个女佣："你，叫什么名字?"

　　余妈妈代她回答："她叫米娜。"

　　米娜也应该是一个美少女，瓜子脸，眉毛细长，眼睛
黑的黑白的白，红唇皓齿，不失清秀。国王在她脸上挖一
个大洞，太残忍了。

　　米娜紧紧挨着余妈妈，视线落在地上。

"米娜，你跟着我们去科研岛，负责照顾小孙。"

米娜抱住余妈妈，靠着她肩膀抽泣。

西塔捂着脸哭喊："米娜不去，为什么不让我去？"

"住嘴！"国王骂道，"轮不到你说话。"

瑜美公主插嘴："爸爸，我已经习惯了米娜，小孙也习惯了西塔。既然米娜不想去，西塔又想去，为什么不让西塔去？"

国王的声调软化了："宝贝，很多事情你不明白。西塔不能去科研岛，是有原因的。以后我有时间再告诉你，好不好？"

瑜美公主只好点头，但是她还是嘟着嘴，心有不甘。

我觉得国王今天状态不佳，每个决定都做错了，都不顺从民意。西塔想去科研岛，他不让去。米娜不想去，他硬要她去。风起想去科研岛，他也不让去。风起不想管理鸟兽岛，他又不让我管理。

国王说话不算数，我心中怨恨他。但他是国王，我能怎样？

13. 她敢反抗就杀她

国王要把米娜带走，瑜美公主一脸不高兴。散会后国王坐下来，安抚女儿。父女两人喁喁哝哝，我们怕打扰他们，纷纷走开去。

等到瑜美公主的笑容像花朵一样绽放，国王才如释重负地站起来。

国王心情好，没有要立即回科研岛的意思，扭头问风起："我们现在去捉鸟好吗?"

小孙抢着说："好哇! 爸爸，我知道丝网在哪里，我带你去。"

风起吩咐有点花去取鸟笼，小孙领头带着国王先走。风起不敢怠慢，忙跟着去。我是风起的保镖，自然紧随着风起。

我们爬上马背岭，往南方的树林走去。树林里没有明显的小径，也不易迷路，因为树林两边收窄，左右绿叶间嵌着蓝天白云，我们往前直走就对了。

"到了。"小孙说。

前面赫然出现一片山雾，把树林锁住。再仔细看，那不是山雾，是一张巨大的丝网，由两根钢柱撑开。如果鸟类想穿雾而过，必定被丝网缠住。现在丝网里，就挂着三只鸟，都是长脖子、短尾巴，被吊在半空。

国王抬头看，有点儿失望地说："只有三只鸟？大水过后，鸟类越来越少了。还好，都是候鸟。"

小孙好奇地问："候鸟有什么好？"

"候鸟飞得远。"

"飞得远有什么好？"小孙又问。

"飞得远可好了。"国王随口敷衍，没有正面回答。

小孙挠挠后脑勺："哦。"

国王指着小孙、有点花和风起说："你们三个比赛，看谁最先把鸟捉下来。小孙捉最低那只，有点花捉中间那只，风起捉最高那只。好不好？"

没有人敢说不好。国王喜欢叫人比赛。看比赛，是他的娱乐。

"准备好了吗？一，二，三，开始！"

风起扑棱扑棱飞上去，在半空停住，伸手解开缠在丝网上的候鸟，捉着候鸟飞回来，来去不到一分钟，轻而易举。

有点花灵敏如猫，攀爬上网，把中间那只候鸟解开，把鸟头反剪在翅膀后面，提着候鸟轻轻松松爬下来，喊道："我第二。"

小孙爬上网时晃晃荡荡，解开最低那只候鸟，攥住候鸟的双脚。候鸟伸过头来，小孙吓一跳，松开了双手，身子往后翻落。

国王急忙冲向前，伸出修长的一双猩猩手，接住小孙，怒斥道："你怎么把鸟放了？"

小孙落在国王怀里，嗲声地解释："它要啄我的眼睛。"

国王撂下小孙，骂道："没用的东西！"

有点花把两只鸟塞进竹篾鸟笼里，把笼盖扣紧。

小孙垂头丧气，跟随国王走向码头。

一路上，只有风声、浪声和践踏落叶声，大家默默不敢说话。

码头那里，米娜已经流着眼泪在等待了。

白马在她身旁，陪她一起伤心。

国王走近码头，对米娜大喝一声："下去！"

米娜跳下船，悲从中来，禁不住放声大哭。

国王和小孙相继下船。国王坐好，瞪住米娜。

米娜抽抽搭搭，忍住哭声，却控制不了鼻洞窸窸窣窣。

有点花把鸟笼递给小孙，礼貌地说："国王再见，然后，小孙哥哥再见，然后，米娜姐姐再见。"

国王没有开动汽船，对着岸边的一棵大树喊道："你还等什么？"

独角龙缓缓地从大树上爬下来，拖着五米长的身体，蜿蜒地爬向码头。

白马发现独角龙爬过来，厌恶地移开一步，抬起翅膀，扑棱扑棱飞到斜坡上。

独角龙从木板码头上抻长了脖子，把头扣在汽船上，再把身体慢慢卷入船里。

眼看汽船渐渐往下沉，国王连忙喊停："不行！独角龙，你先回去！这只船容不下你。"

独角龙往回走，嘴角掀起，精神多了。大概他以为国王让他留下来，让他继续在鸟兽岛胡作非为。

国王对独角龙补充说："你留在这棵树上，别乱动，我叫海阔来带你。"

独角龙颓然爬上树。

风起解开船绳，说："国王爸爸、小孙、米娜，你们慢走，一路顺风。"

一个凄厉的叫声从后面传来，由远而近。

"国王……求求你……让我去……我要去……"

西塔哭着狂奔而来，嘶喊声夹着嘘嘘气息。

国王骂道："放肆!"

风起命令我："蛋猫，挡住她!"

我横立在码头上，挡住西塔的去路。

西塔使劲推我，喊道："国王，你这只船，是我们的!"

不对。这只汽船明明是国王向海盗买的，怎么说成是他们的?

国王对风起说："要是她敢反抗，你就杀了她!"

西塔拼全身之力，疯狂地推撞过来。

我轻轻一摆，就把她弹开了。

独角龙见西塔扑倒在地上，伸缩着分叉的舌头，拖着唾液爬过来。

国王粗暴地骂了一声，开动汽船引擎，嘎嘎离去。

西塔趴在地上，对着汽船呼天抢地："天哪! 希瓦是不是死了? 国王……你告诉我……他是死是活着……他死了……是吗?"

我用一条腿搭在西塔背后，不让她爬起来。

独角龙靠近西塔头部，张开大嘴巴，唾液滴滴答答流了满地。

我挺起胸膛，怒目对着独角龙。

独角龙慑于我的虎威，颤颤缩缩，闭起嘴巴，往后退去。

嘿，这就叫作威严。

风起走过来，拍一拍我的背："放开她。"

我提起腿，把西塔交给风起。他是岛主，他说了算，不是我。

风起蹲下来，诚恳地问西塔："到底发生了什么事？你跟我说。"

西塔翻身坐起来，推开风起，嚣张地吼道："你滚开！你们父子都是同一个鼻孔出气的。你们都是坏蛋，我不想见到你们。"

西塔竟敢对风起如此猖狂无礼。风起受这么大的侮辱，不杀了西塔，还保得住岛主的声名吗？

独角龙又张开大嘴巴，搅着舌头，盯住西塔。看起来西塔就快成为他的食物了，只等待风起一声令下，他就开动。

国王说过，西塔反抗就杀了她。看来西塔小命难保了。

不知怎的，此时此刻，我竟然同情起西塔来了，希望风起能宽恕她，免她一死。可是，风起身为岛主，不能不杀死她。这正是风起杀鸡儆猴、树立威严的时候。如果我当岛主，也只能这样。

风起居然一言不发，听从西塔的话，乖乖"滚开"，站到边上去了。他这么软弱无能，如何能服众？如何当领导？这件事如果传开来，岂不是不一样王国的一大笑话？要怪，也只能怪国王用人不当！

有点花扑入西塔怀里，娇声说："西塔姐姐，没事了，然后，你不要伤心，然后，你别哭。"

西塔搂住有点花，还是哭，哭着说："只有你对我最好。"

白马飞回来，降落在码头上。他低头探视西塔，一颗透明的眼泪滚落了下来。白马太单纯了，单纯得失去自己。人家开心，他跟着笑；人家伤心，他也哭。

西塔坐直，满怀希望地问白马："白马，你说，希瓦还活着吗?"

白马点头。

"白马，真的? 你不是在哄我?"

白马摇头。

白马没有见过希瓦，怎么可能知道希瓦死活? 他什么都不懂，人家却以为他什么都懂。人家有什么问题，都会问白马。白马信口回答，人家都相信。

西塔应该问我。不过，我不会告诉她。

白马在西塔面前蹲下来，让西塔爬上他背后。他驮着西塔一步一步爬上斜坡，慢慢走回去。

"白马哥哥，然后，我也要。"有点花追上去，翻身骑上白马，挨在西塔背后。

风起看着他们离开，脚一蹬，拍着大翅膀飞上天空。

飞上天空，问题就解决了吗?

这个新主子，我都不知道怎么说他。

14. 你要吃我就吃我吧

西塔两天不吃不喝，不工作，也不听命令。

她是准备死了的。

夜深人静，所有人睡着了。

我没睡，老虎天性昼伏夜出，睡不稳。晚上想起西塔，不知道她会不会就这么死去。想着想着，再也睡不着，干脆起身，去看她死了没有。

西塔仍然睡在小孙的蒙古包里。她没有去服侍余妈妈。小孙喜欢爬树，蒙古包就搭在树林中。我用头顶开门帘，走进去。蒙古包里黑黢黢的，但是我眼力一流，看得一清二楚。

蒙古包里有两张床，小孙已经去了科研岛，他那张床是空的。另一张床上，西塔眼睛乌溜溜的，清醒着，活着，没有死。

我以为她看不见我，她居然开口："蛋猫，你要来吃掉我是吗？"

她误会了，我不是独角龙。假如是独角龙闯进来，就会把她吞噬。独角龙昨天已经被海阔带走了。我看着独角龙上船，海阔警告他说："你若乱动，船翻了，让你死在大海里。"独角龙一动也不敢动。

"蛋猫，你要吃我，就吃吧。我不怪你。我只是担心自己不好吃。"

西塔的声音夹着嘘声，难听死了。西塔完全放弃了尊严，不管自己好不好看，声音好不好听，身体臭不臭。

人类的味道闻起来不香，不好吃。

老虎的嗅觉不算很强，但比起人类有过之无不及。国王说过，老虎能闻到人类闻不到的味道。人类有一种气味，人类自己闻不到。我闻得到，嗯，臭！

西塔，你说对了，你不好吃，我对你没有胃口。

西塔虚弱难听的声音又发了出来："吃我吧。我不想活了。我活着也没有什么意义。"

西塔生命的意义是什么？

没有。她说活着没有意义，说得不无道理。她有自知之明。可是，她明白这个世界吗？要是她没有看清这个世界，怎么能够一口咬定自己活在这个世界上没有意义？也许她只是还没有找到世界上能够凸显她生命意义的地方。

其实，有一些事情，西塔并不知道的，白马也不知道，而我是知道的。我想告诉西塔这些事情，一直没有说出来。

"你不吃我，就让我睡死吧。让我一觉睡下去，不再醒来。我已经感到昏昏沉沉，离死亡不远了。我再睡下去，就会死的。你不吃我，我也会死。蛋猫，你真好，我让你吃我，你都不吃。蛋猫，再见。"

西塔说完这么一段话，合起眼睛，不再动弹，死了似的。

想要死，就能死得这么容易吗？

好吧。西塔，在你死前，就让我告诉你，你不知道的事。

可是，我的声音像母鸡，你会笑我吗？

你不会的，你的声音更难听，像被刀割破喉咙的母鸡。

我开口后，会失去威严。但你比我更惨，你连一丁点儿尊严都没有。面对一个完全丧失尊严的人类，大老虎不怕失去威严。

西塔，你听我说……

"西塔，希瓦并没有死。他还活着。"

西塔眼睛一亮，精神振奋："蛋猫，希瓦还活着？"

她眼睛骨碌碌地盯着我，我说不下去了。

"蛋猫你在骗我是吗?"西塔的泪水从眼角涌出。

西塔，我没有骗你，我说的是真的。

"我知道，你们都是为了安慰我，就骗我说希瓦还活着。白马这么说，有点花这么说，风起这么说，余妈妈也这么说……你们都在骗我，我知道。"

原来这么多人来和她说过话了。既然这么多人说过，她都不相信，我跟她多说也无益。但是，她也真奇怪，凭什么认定希瓦死了?

"谁告诉你希瓦死了?"我忍不住又说话。

我会说话，西塔并没有感到惊异。她都要死了，还管我会不会说话?

"我知道……没有人告诉我……我梦见希瓦……大水来时，希瓦就死了。"她有一句没一句地回答，没精打采，懒得浪费唇舌跟我解释。

"希瓦没有死，这只是你的梦。"

她一锤定音地反驳："希、瓦、死、了。"

西塔不相信我，我也没有办法。她提起大水，让我想起另一件事。

"西塔，王后是你害死的吗?"

"你怎么知道?"

"大水来时，你们都在豆蔻岛。听说，瑜美公主把你救起来时，你并不是和王后在一起。你和米娜在一起。你负责照顾王后，应该和王后在一起，怎么会和米娜在一起？我猜想，是你害死了王后。"

西塔笑了，笑得虚弱，笑得漏风，却很满足。她笑够了，才说："没错，我害死了王后。"

"为什么你要害死王后？"

"王后对我太坏了，简直不把我当人看待。"

"所以你一直在等待机会杀死王后？大水来的时候，正是你复仇的大好机会。"我厌恶西塔笑脸后面的蛇蝎心肠。

"没有。我没有想过要杀死王后，也没有等待机会杀死她。我不是这样的人。"

西塔不像说谎。她没有必要撒谎。人都要死了，还有必要欺骗我吗？我误会了她。

"大水来时，我救了王后。虽然我讨厌她，但是面对一条垂死的人命，我也有恻隐之心。我救了她。"

西塔前言不搭后语，又承认杀了王后，又改口说救了王后。是不是她没有吃东西，饿昏了头脑？

"我救了王后。我们共同抓住一块浮木，在海上漂流。后来，我们看见米娜。米娜在海面挣扎，浮浮沉沉。我们游过去，让米娜抓住浮木。浮木承受不了我们三个人的重量，往下沉……"

我恍然明白过来："在王后和米娜之间，你选择了米娜。"

"是。米娜是我最好的朋友。我只好推开王后,王后扯着我的腿,我又把她踢开。我摆脱王后,不敢看她,只管和米娜抓住浮木,往前游去。我不断踩水,十分害怕,怕王后的手又攥住我的脚。"

我可以想象西塔当时的模样。她心里一定吓得发慌,恨不得快点儿离开海水。"所以,你看见瑜美公主的圆圆船时,一定很高兴。"

"没有,完全没有高兴的感觉。"

"你不想被救起来吗?"

"我不想遇见瑜美公主。我盼望遇见希瓦,我盼望和希瓦一起离开不一样王国。我想,发生大水,情势混乱,我们趁机逃走,也没有人会发现。"

西塔绝望的眼泪又溢出来了。她无时无刻不想着希瓦。她和出手一样,生命的意义,就是爱情。瑜美公主救她的命,她不要,她盼望爱情救她的命。

"我在大海上,东张西望,就是没有见到希瓦。多么希望看见希瓦漂流过来。而看见瑜美公主出现时,我心底还是感到小小的失望。"

"希瓦不可能漂流过去。大水来时,我看见他。他爬上了铁塔。我们科研岛有一个收发信息的铁塔,他爬了上去。"

"你别骗我，你根本就不知道谁是希瓦。"

西塔还是不相信我。

不管她相信不相信，我还是要说："以前我不知道谁是希瓦，因为他是劳工，戴面具，没有身份。大水来时，他爬上铁塔，面具掉了，露出了真面目，后来他出名了……"

西塔打岔，问道："他怎么出名了？"

"海阔从海里打捞起一个发电机，却发不出电。几个技工修理了老半天，都修理不好。天快黑了，有一个劳工说让他试试。他捣鼓了几下，所有灯都亮起来。这个劳工叫作希瓦，灯亮后就出名了。"

西塔赫然坐直，瞪大眼睛："他是读机械工程的。你认识希瓦？"

"不算认识，只是认得他。他好认，额头上有一条疤痕。"

"对了。他骑水上摩托撞到大石头，额头裂开好大一个口子，血流如注，送进医院缝了二十针。"

西塔谈起希瓦时，眼睛有一种光彩。出手谈起雄海豚时，也露出这种光彩。这种光彩，叫作爱情。

"蛋猫，希瓦真的还活着？"

"我说他活着，你都不相信。"

"蛋猫，我相信你。希瓦活得好吗？"

"做劳工时，活得不好。现在出名了，升级成为技工，生活好多了。”

　　“怎么个好法?”

　　“工作时间短了，朝九晚五。吃得好了，有菜有肉。睡得好了，睡觉有床垫。”

　　“他工作自由吗?”

　　“以前不自由，大伙儿一起干活，好像奴隶一样。现在自由多了，可以单独工作，单独走动。我来之前，看见他爬上新建的铁塔。就只有他一个人，没有人在旁监督。”

　　“他爬上去做什么?”

　　“装置一个碟子形状的东西。”

　　“还有?”

　　“还有什么?”

　　“说下去，他在铁塔上还做什么?”

　　“没有，就装置那个我也不知道是什么东西的东西。”

　　“还有?”

　　“没有了。”

　　“有的有的，你想一想，他还做什么其他事吗?我是说，不在铁塔上的，在其他地方、其他时间，你看过他做什么事?”

　　“没有了。”

　　“你见过他多少次?”

　　“很多次。”

“那你就说你见到他时，他在做什么？他快乐不快乐？他辛苦不辛苦？”

“我忘了。”

“你努力地想一想，慢慢想，想到了就告诉我，什么事都好，哪怕是芝麻绿豆大的小事，我都不想错过。”

西塔央求的目光，像微弱的烛火。我若拒绝，就是给她吹一股冷风。我不想吹熄她的希望，她的请求我拒绝不了。

“好吧。等我想起来，我就告诉你。”

只是我怕我想起来的时候，她都已经死了。

“再见，西塔。”我转身离开。

西塔叫住我：“蛋猫，等一下。”

我停下脚步。

“蛋猫，我忽然想起，你是不会说话的。你怎么又能够说话了？”

我不想跟她解释，对一个要死的人多说也没用。

我简短地回答：“那是我的秘密。”

15. 是你救了我的命

从来没有想到，我那难听的声音，竟有那么大的力量。

我的声音挽回西塔一条命。西塔听了我说的话之后，决定不死了。她不再绝食。她起身喝水，倒头好好睡觉。第二天早上，她喝下了一碗玉米粥。

西塔喝粥的事马上传开了。

那时，我守在风起的蒙古包外面。风起的蒙古包就在海边的大石头旁边。大石头是风起降落和起飞的平台，也是他和瑜美公主谈话的地方。

Aralumba飞过来，向我报告这个消息："西塔不死了，她喝粥了。"

他对着蒙古包大声叫喊。或许，他不是给我报告消息，而是嚷给风起听的。

果然，风起被 Aralumba 吵醒，探出头来问："西塔不死了？"

"报告风起王子，西塔不死了。她喝粥了！"

"太好了！我去看她。"

风起匆匆盥洗后，往西塔的蒙古包走去。

我无须盥洗，跟在他愉悦的步伐后面。

他掀开蒙古包的门帘，阳光照射进来，照亮了坐在小孙床上的余妈妈，也照亮了余妈妈怀中的有点花。

有点花在这个岛上，是一个被宠坏了的小宝贝。

余妈妈看见风起来了，抱着有点花离开，让出小孙那张空床。

她满心欢愉地说："风起王子，过来看西塔。西塔精神好多了，早上我煮了玉米粥，她肯吃了！"

这个世界颠倒了。西塔应该服侍余妈妈，现在反而是余妈妈服侍西塔。

有点花从余妈妈怀里蹦出来，跳到我面前，摇着尾巴对我说："蛋猫哥哥，早安。西塔姐姐不要死了，然后，她肯吃东西了。"

我伸长舌头，舔一舔他的额头。他舒服地闭起睫毛弯弯的大眼睛。他真的被宠坏了。谁叫他这么可爱！

余妈妈瞥见我，从蒙古包里钻出来："蛋猫，你也进去看西塔吧。"

风起坐在空床上，我站在风起旁边。

西塔撑起上半身，歪着头看我，虚弱但欣喜地说："蛋猫，你来了。你想起希瓦的事了吗？你想起什么？"

我对西塔摇摇头，示意她别跟我说话。别忘了，我是不会说话的。

风起问："西塔，你还好吧？"

"我很好，我只是很想知道关于希瓦的事。"西塔幽幽地说。

"这个问题，你问蛋猫，就对了。蛋猫在科研岛住过，肯定见过希瓦。"风起回头问我，"蛋猫，你见过希瓦吗？"

我点头。

"希瓦是不是还活着？"风起又问我。

我又点头。

西塔接着问："蛋猫，你说一说希瓦的事好吗？"

我把头垂下去，不敢看她。

"西塔，蛋猫不会说话，你忘了吗？"

"可是……"西塔盯着我。

我对她使眼色，轻轻摆一摆头，挤出一副哭丧脸，要她明白我的苦衷。

西塔，那是秘密呀！我昨晚不是跟你说过了吗？既然你知道是我的秘密，就请你不要说出来。

风起自作聪明地接着说："可是，他会听，会点头，会摇头。刚才我问他希瓦是不是还活着，他点头，你现在相信希瓦还活着了吧?"

西塔点点头："嗯，我相信了。"

风起喜笑颜开："你能这么想就对了。"

西塔改口说："风起王子，你对我说过，希瓦还活着，余妈妈也这么说，人人都这么说，我就相信了。风起王子，我相信你不会骗我。谢谢你，风起王子，是你救了我的命。"

我吁了一口气，西塔终于明白我的意思，没有说是我讲的，没有泄露我的秘密。

风起真以为自己救了西塔一命，面露喜色，说话都结巴了："嗯……是……你说的是……其实，不是我救了你，是希瓦救了你。你为了希瓦活下去，我很感动。"

"希瓦活着，我也要活着。总有一天，我们会在一起。"

风起从西塔的蒙古包里走出来后，开心得飞起来。不知道他是为了西塔活着而开心，还是为了自己救活西塔而开心。

风起蹿上天空后，白马从鸟头峰飞下来。

白马钻入西塔的蒙古包里探望西塔。

我灵敏的耳朵，听见西塔对白马也这么说："白马，我想通了，知道你不会骗我的。你说希瓦没有死，我相信希瓦一定活着。希瓦活着，我也要活下来等他。白马，是你救了我一命，谢谢你。"

白马从蒙古包出来，在沙滩上像一匹发癫的马，雀跃地乱跳。白马大概也觉得自己伟大，开心了。

余妈妈抱着有点花再进到蒙古包，我耳朵一转，又听见西塔连番道谢，说是余妈妈那碗玉米粥救了西塔，又说是有点花的温暖救了西塔。

过后，余妈妈开心地为西塔做午饭，有点花干脆窝在西塔的床上，给西塔更多温暖。

每一个人都以为自己救了西塔的命，把西塔的命当作自己捡回来的东西，就对西塔更好了。

西塔和希瓦的事，不再是两个人的事，而是整个鸟兽岛的事。整个鸟兽岛都为他们祝福。

他们俩的事，却把海阔惹恼了。

16. 你死了这条心吧

白马在鸟头峰上叫三声，我们就知道海阔来了。每次海阔来，他都是这么短促地叫三声，久而久之，大家都明白这是白马的暗语。

海阔来时，如果风起正好在岛上，风起必定会亲自去码头迎接他。海阔行程忙碌，匆匆地来，匆匆地走，不会留下来和风起闲聊。以前他们之间那种孩子般的嬉闹，现在似乎再也见不到了。

今天下午，风起不在，白马叫三声，我赶去码头迎接海阔。Aralumba 比我早一步到达。我耳朵一转，老远就听见他们在说话。

Aralumba 问："海阔王子，希瓦是不是还活着?"

"他是死是活，关你什么事?"

"嗯……是不关我的事，可是关西塔的事。希瓦是西塔的男朋友，希瓦死了，西塔也不想活了。"

"多管闲事!"

Aralumba不敢再出声。

我心里暗笑。Aralumba多嘴，活该挨骂。

海阔在码头上，一手拿着菜篮，一手拿着空鸟笼。他看见我来了，把菜篮交给我。

我用嘴巴衔着菜篮，不用看，凭嗅觉，就知道里面全是墨鱼。墨鱼不是很新鲜，是昨晚捕捉的。我不喜欢吃墨鱼。

我们爬上斜坡，到了马背岭，海阔停下来问："有点花呢？怎么还没来？"

Aralumba飞高一看，说："来了来了。"

海阔抱臂等待，看样子，有点花要挨骂了。

有点花慌慌张张地从沙滩那边爬上来。

Aralumba幸灾乐祸地说："有点花，你惨了。你迟到了。"

海阔并没有发怒，把鸟笼交给他，语气平和地问："你来的时候，有没有看见风起王子？"

"没有。中午，我还看见他，然后，他飞上天空了。"

风起似乎有意避开海阔，在海阔到来之前飞出去遨游。

"他是不是跟瑜美公主一起出去的？"

"没有。我看见风起王子飞上天空，然后，我没有见到瑜美公主。"

"那么，瑜美公主呢？"

"中午我看见她从大海回来，然后，没有再看见她，然后，她可能还在蒙古包里。"

"你不是负责保护她的吗？怎么不知道她在哪里？"

"海阔王子，我……我在陆地，然后，她在水里，我管不了她呀。"

有点花说得对。我是风起的保镖，也不能跟在风起身边。他会飞，我不会。

海阔扭头问 Aralumba："瑜美公主在蒙古包里吗？"

"海阔王子，我现在就去看，回头向你报告。"

Aralumba 说完就飞开去。

"Aralumba！"海阔喊住他，"你别去！你的嘴巴大，会让她知道我来了。我不想让她知道，想给她一个惊喜。"

海阔不晓得，白马在鸟头峰叫三声，谁都知道他已经来了，瑜美公主不会有什么惊喜。

Aralumba 飞回来，绕到我们后面，慢慢地飞。

有点花踌躇不前，问道："然后，我们现在去找瑜美公主吗？"

"对，现在去，马上去，走。"海阔牵着有点花那只提鸟笼的手。

有点花问："然后，才去捉鸟吗？"

"对，先去找瑜美公主，然后才去捉鸟。网中的鸟，飞不掉的。瑜美公主不一样，我迟一步就找不到她了。"海阔牵着有点花，步伐轻快，心情愉悦。

有点花忽然问："海阔王子，你在科研岛，然后，你见过希瓦吗？"

"见过，什么事?"

"你见过希瓦，然后，你来的时候，他在做什么?"

海阔甩开他的手，问:"你管他在做什么?"

"嗯……不是我管他，是有人想知道，然后，我是帮她问……"

"你闲着没事干吗?"海阔喝道。

有点花一怔，两眼突然发潮。他被宠惯了，没人这么大声斥责过他。

Aralumba在后面飞舞，幸灾乐祸的毛病又犯了。

海阔蹑手蹑脚地走向瑜美公主的蒙古包，可是他身体笨拙，走起路来还是嚓嚓响。

瑜美公主的蒙古包在沙滩上。蒙古包里有一个水池，水池连接一条水沟，水沟通往大海。

我走向厨房。厨房是一个简陋的木柱棚子，搭在沙滩旁边的土地上。厨房里面只有一个灶台和一张大木桌。

我挺起上半身，把菜篮放在桌上。

"海阔，你来了?"

是余妈妈的声音。余妈妈的蒙古包和瑜美公主的连在一块儿，中间有一道小门相通。

"余妈妈，瑜美公主在吗?"

"她呀，刚刚游出大海去了。"

唉，看样子，瑜美公主也是有意避开海阔。

"知道我来，她就走了？"海阔显然不高兴，"算了。有点花，走，我们捉鸟去。"

"海阔，等一等，我有事情想问你。"

海阔停下脚步。"什么事？"

余妈妈不明就里地问道："海阔，科研岛是不是有一个叫作希瓦的人？"

"嗯……是的。"海阔拉长了脸，不敢对余妈妈发脾气。余妈妈毕竟是他的长辈。

"希瓦还活着吗？"

"活着。"

"希瓦近况如何？"

"不知道。我很忙，没时间管他的私事。"海阔鼓着一张脸离开。

有点花掩着嘴巴哧哧偷笑。

海阔从沙滩爬上斜坡，经过树林中的蒙古包，那是西塔住的地方。

西塔身体还虚弱，从蒙古包里探出头来。

有点花对她张开嘴巴，小声地说："不要问！"

西塔偏偏不理，用漏风的声音问："海阔王子，你见过希瓦吗？他怎么样了？他在做什么？"

西塔患上大头症了？鸟兽岛人人关心她的爱情，她就天真地以为她的爱情是天下大事。

海阔怒瞪西塔一眼，没好气地回答："他在做什么，要你管？"

西塔不知轻重，理直气壮地说："希瓦是我的男朋友哇！当然要我管。"

海阔怒斥："你是什么人？你现在是什么身份？希瓦在做什么，我要跟你报告吗？你和希瓦，都只是我们的奴隶。我们花钱把你们买过来，要你们工作，不是让你们在这里谈恋爱的。你以为你们两个还有机会见面吗？你死了这条心吧，你别妄想了！"

西塔好像被打了一棒，把脸缩回蒙古包里。

海阔走后，西塔不出来吃饭，不跟别人说话。

西塔受打击，我担心她会做傻事。

17. 我昧着良心说话

晚上，其他人睡着后，我睡不着，走进西塔的蒙古包。

她躺在床上，闭眼睡觉。

我看她睡得很好，应该没有事，转身要走，却被她叫住了。

"蛋猫，是你吗?"

"是的。"我又说话了。

"蛋猫，你陪我说说话吧。"

我这个破嗓子，竟有人要求我说话。

"说什么?"

"说一说希瓦的事。"

我记不起希瓦的事，没什么好说的。若要说希瓦的事，就让她自己说吧。我开个头，问道："你和希瓦是怎么来这里的？"

"我记得很清楚，那个晚上，满天星星。希瓦租了一只汽船，把我带出海去。我们来到深海，一个看不见陆地的地方。四周没有其他船只，只有一片汪洋。希瓦觉得很浪漫，熄了引擎，让船随着波浪漂流……"

浪漫？我想起大水来时，我在海上漂流，四周没人，一片汪洋，那是多么可怕的事。这么可怕的事，他们竟说浪漫。人类的想法，和老虎相差太多了。真不可思议！

"……小船像摇篮，我们躺在上面看星星。我们看见一颗流星，来不及许愿，就消失了。我们决定等下一颗流星，许一个愿望，让我和希瓦永远在一起。我们没有等到流星，却等到了海盗。"

"太糟糕了！"

他们真糊涂。天上有星星，海上有海盗。这是人尽皆知的事，他们怎么会那么不小心？看到流星，就要许愿，也是一种可笑的行为。人类，就是喜欢做一些乱七八糟的事情。

"蛋猫，我告诉你，"西塔喜滋滋地说，"今晚，我从窗口望出去，又看见流星……"

"你许了愿？"

"许了愿。"

"许什么愿?"

"让我和希瓦见面。你说,我会见到希瓦吗?"

我很想告诉西塔,别妄想了,国王是不会允许她和希瓦见面的。

国王怎么想,我心里很清楚。国王不让西塔去科研岛,就是怕她和希瓦见面。如果他们没见到面,就想见面;如果他们见了面,就想逃走。国王只会让他们想见面又见不到面,不会让他们见到面想逃走。

"蛋猫,你说,我和希瓦会见面吗?"

"会。"我昧着良心说。

"为什么?"

"因为你许了愿。"

"蛋猫,你真好,"西塔闭上眼睛,"谢谢你。"

西塔很快就打呼噜了。她的呼噜声,漏风嘘嘘。

18. 风起王子我爱你

虽然海阔的言语打击了西塔，但他同时也透露了希瓦还活着。

只要希瓦活着，西塔就会充满期待地活下去。

西塔看见流星许了一个愿望，鸟兽岛人人都知道。不是我说的，是西塔自己说的。人人都祝福西塔，等待她和希瓦相见的一天。等着等着，三个月就过去了。

2045年4月3日下午，白马在鸟头峰上短促地叫三声。

海阔要来了。

Aralumba、有点花和我，先后赶到码头去。我们迎接海阔，已经成了习惯。有一次我睡着了，没有去码头接他，他还不高兴呢。海阔跟着国王久了，越来越会摆架子。

　　或许，这只是习惯的问题。白马从来不去迎接海阔，海阔也就没有期待白马会出现。

　　这一天，海阔不是单独来的，他带着小孙过来。

　　海阔拎着一个大盒子，小孙提着一个小箱子和一个空鸟笼。

　　"海阔王子，下午好！"Aralumba 和有点花拉开嗓子，齐声问候。

　　"嗯。"海阔满意地点头，问道，"风起呢？"

　　有点花从小孙手中接过空鸟笼，回答："风起王子飞走了，然后，瑜美公主出海去了。"

　　"海阔王子要找他吗？我去叫他。"Aralumba 讨好地说。

　　海阔对 Aralumba 摆摆手，说："算了，我们先去找西塔。"

　　西塔？这就奇怪了。海阔从来都不找西塔。

　　海阔把大盒子交给我。我衔住盒子的提梁，跟在海阔后面走。海阔看见我在旁边，手里就不肯拎东西，一定要把东西塞给我。风起就没有这种架子。

　　我们越过马背岭，步行下斜坡。

　　小孙奔向他的蒙古包，喊道："我好想念我的床。"

　　西塔和余妈妈正在棚里做饭，给我们准备晚餐。

　　大水过后，人手少了，国王没有给我们分派厨师。幸亏我们这里人口不多，要求也不高，三餐只求填饱肚子。

三个月前，米娜还在，米娜和西塔负责做饭。现在，少了米娜，西塔一人做不来，余妈妈亲自下厨帮忙。

"西塔！"海阔大喝一声。

西塔吓一跳，菜刀掉落到了地上。

海阔叫西塔进蒙古包，让她躺在床上。

小孙打开小箱子，取出针管和液体药剂。

Aralumba多嘴，问道："海阔王子，你要做什么？"

海阔抬头看见Aralumba，吼道："你出去！"

Aralumba打了一个冷战，飞到蒙古包的门帘外面。

海阔对他喊："离远一点儿！"

Aralumba飞远后，海阔才把药剂装入针筒内。

西塔看了害怕，用漏风的声音问海阔："你要做什么？"

海阔没有回答她，攥住她的手，拿起针管扎下去。

西塔痛呼一声，颤着破嗓子问："是不是毒药？"

海阔保持沉默，把她的问题当作耳边风，继续给她注射药剂。

海阔变了，变得好像很无情，但我知道，他骨子里是个好人。大概他跟着国王久了，近墨者黑，被国王冷酷的作风影响了。

西塔躺在蒙古包里，缩成一团，呜咽哭泣。

海阔带着小孙走出来，对有点花挥手说："走，去捉鸟。"

"是，海阔王子。"有点花不敢怠慢，马上提起鸟笼。

我嘴里还衔着一个大盒子，一直跟在海阔身边，不知该把它放在哪里。

海阔回头看见我，指挥我说："蛋猫，你把盒子放在桌子上。"

我走向厨房，那里有我们鸟兽岛唯一的桌子。

余妈妈走过来接过大盒子。她问我："里面是什么?"

Aralumba飞过来，低声说："我也不知道，他神神秘秘，什么都不让我知道。"

余妈妈问Aralumba："你不跟他们去捉鸟吗?"

海阔带着小孙和有点花已经走远了。

Aralumba说："我不喜欢看他们捉鸟，很残忍。"

他看见同类被捕捉，心里特别难受。

余妈妈掂一掂大盒子，猜测道："可能是蛋糕。"

Aralumba问："今天是……"

余妈妈说："风起王子的生日。"

"我去找风起王子!"Aralumba说完就飞向大海。

"喂，喂!"余妈妈要阻止他，却已经来不及了。

我觉得很累，不想陪海阔去羊尾崖捉鸟。我是一只大老虎，应该白天睡觉晚上活动。可是我为了配合主子的时间，白天活动晚上睡觉，结果我白天常打盹，晚上常失眠。

瑜美公主在我脸上喷水，我才醒过来。

我醒来后并不生气。

瑜美公主对着我咯咯笑，我也莞尔一笑。

她伏在大石头边，尾巴泡在海水里。

木桌子那边，风起、海阔、余妈妈、有点花、小孙和Aralumba围着一个大蛋糕。

有点花划一根火柴，点燃蛋糕上的蜡烛。

他们齐唱生日歌，瑜美公主在我身边也跟着唱起来。

白马也来了，在沙滩上尽情地跳舞。别人快乐，他也快乐。他会把别人的快乐当作自己的快乐，所以他活得特别快乐。

我听他们唱歌，自己没有唱。我的声音，能听吗？

他们唱完歌，风起要吹蜡烛，余妈妈用手阻挡，说："等一下，先许愿。你可以许三个愿望。"

风起闭眼，合起双手，大声说："我的第一个愿望是，重新建立不一样王国，让每一个国民都健健康康、快快乐乐。第二个愿望是，不一样王国的人类能够受到公平对待。第三个愿望是，西塔和希瓦能够相聚，永远幸福地在一起。"

风起吹蜡烛。

大家给风起鼓掌欢呼。

白马一边跳舞，一边乱叫。

海阔和小孙没有鼓掌。海阔拉长了脸，小孙噘起了嘴巴。

风起切蛋糕，余妈妈把蛋糕分给每一个人。

海阔吃了一口蛋糕，走到风起身边，质问："你刚才说的话是什么意思？不一样王国不是建立起来了吗？你还想建立一个新的不一样王国？你要推翻旧的？"

风起解释："我不是这个意思，我是说大水摧毁了不一样王国，我们要重新建立起来。"

海阔说："重建工作是我的事，不是你的事。还有，你要人类受到公平对待，这不是国王的意思，你要跟国王搞对抗吗？"

风起摇头说："我没有要跟国王爸爸搞对抗，不过我真的希望这里的人类得到公平对待。这只是我个人的心愿。"

"还有，国王不想让希瓦和西塔见面，你却要他们相聚，你这不是造反吗？"

"我没有要造反。我同情西塔和希瓦，希望他们幸福快乐，这也有错吗？海阔，你不要钻牛角尖，这只是我的生日愿望啊！"

"你有这个企图，就不对了，希望你能好好反省。你放心，我不会跟国王告状的。我只是提醒你，你心态不正常。你要好自为之。生日快乐！"

海阔说完，把手中剩余的蛋糕塞入嘴里，掉头就走。

小孙指着风起，说："你错了！你要改过。"

他说完，急急忙忙跟随海阔离去。

海阔停下脚步，回头呼喊："Aralumba！你也跟我们回科研岛！"

Aralumba暗叫："为什么是我?"

他不敢反抗，乖乖地飞向海阔。

风起愣怔着，看着他们离开。

等他们越过马背岭，不见人影了，余妈妈用手捂着风起的手背，说："风起，我支持你。"

有点花也说："然后，风起王子，我也支持你。"

白马高兴得疯狂乱跳。

西塔在蒙古包里，用漏风的破嗓子喊："风起王子，我爱你!"

瑜美公主没有说什么，她默默沉下水，游向大海。

19. 有些事你不必懂

西塔被海阔注射一针之后，开始发高烧。

余妈妈煮凉茶给她喝，也退不了烧。

第二天，海阔又来了。

白马在鸟头峰上鸣叫三声，风起就带着我去码头迎接他。有点花要跟我们一起去，风起不允许。风起说："有点花，你去丝网底下等我们。"

我猜想，风起或许有什么话要和海阔单独谈。

好像约好似的，海阔也单独乘汽船来。小孙没来，也没见到 Aralumba。

汽船靠在木板码头边，海阔把空鸟笼掷给我，也把船绳抛上来。

我张嘴衔住鸟笼。这是狗的动作，我不喜欢海阔把我当作狗。

风起接过绳子，拴住船，然后伸出手，想拽海阔上来。

海阔拨开他的手，自己跳上来。在海阔眼里，风起是孱弱的，他不需要风起拉他一把。但他这么一个动作却太唐突，好像不愿意跟风起握手。

风起抱着臂膀，说："西塔发高烧了。"

"正常。"海阔平淡地回答。

"你给她注射了什么?"

海阔摸了摸鼻子，才说："打预防针，注射疫苗。打预防针后，发烧是正常的。"

我们走上斜坡。

风起坦言："我还以为你给她注射了病毒。"

海阔沉默不语，良久才问："为什么你会这么想?"

"如果要打预防针，应该先给我注射，因为我最需要打预防针。我没有打预防针就不能够去科研岛。你们在科研岛这么忙，我想去帮忙。"

"不用你帮忙。你就在这里陪瑜美公主玩吧。"海阔酸溜溜地说。

"你给西塔打针后，立刻就把Aralumba带走了，所以我猜想，你打的是病毒，因为禽流感病毒由鸟类传播。西塔会传给Aralumba，Aralumba会传给我。"

　　海阔吸了一口气，说："你说的也对。疫苗是用病毒制造的，我们把病毒弄死，注射进人体里，让人体产生免疫反应。我们给西塔注射疫苗，只是试验阶段。疫苗没有经过试验，怎么敢给风起王子注射？"

　　海阔刻意强调"风起王子"，显得和风起生分了。

　　风起感到诧异，问："你们拿西塔来做试验？"

　　"那也是没有办法的事。难道拿你来做试验？"海阔耸耸肩，不把西塔的性命当一回事。

　　"万一疫苗里还有致命的病毒呢？"

　　"那也是可能的事。所以，风起王子，你要特别小心，不要接近西塔。万一她被病毒感染，你也有危险。要是风起王子出了状况，我可担当不起。"海阔言语中带刺。

　　"你放心好了，禽流感病毒不会人传人的。"风起心平气和地说。

　　"哈哈！"海阔干笑两声，"你一直把自己当作人类，所以为人类打抱不平，要拯救人类。你别忘记，你是半人半鸟。我担心禽流感病毒先传给你半只鸟，再由你半只鸟传给你半个人。"

　　风起脸色刷白，眉毛紧紧拧着。他受不了海阔的嘲讽。风起的确喜欢把自己当作人类，一个有翅膀的人类。

　　我觉得，风起为人类打抱不平，是因为他有同情心，有正义感。海阔这么说他，的确不公平。

　　海阔继续说："我不知道你身体里人类和鸟类的复杂关系，但我要告诉你，有这个可能性。你自己要小心，远离西塔，不要为了西塔而丢了自己的命。你要记得，你是一个堂堂岛主，她只是一个卑微的奴隶。值得吗?"

　　风起紧绷着脸，不再说话。

　　海阔在前面走，风起在后面跟随。我陪着风起一块儿

走，靠近风起，给他精神上的支持。

我们三个不说话，各有所思。

我们登上马背岭，往南走向羊尾崖，走到丝网下，网上有十三只各种鸟类。海阔命令有点花去捉鸟。有点花爬上去，手脚利索，把十三只鸟取了下来。

风起站在一旁发呆，没有出手帮忙。

海阔临走前，风起又问："科研岛不是有一屋子的鸟吗？还要捉那么多鸟干吗？"

"有些事情，你不懂的，也不需要懂。"海阔提着鸟笼跳上汽船，没有回头看风起一眼。

海阔说这话是什么意思？他想告诉风起，他懂的比风起多？国王的秘密，海阔知道吗？任教授关在鸟笼里，海阔知道吗？国王养鸟杀人的计划，海阔知道吗？海阔变得深不可测。

风起不懂，我懂。

20. 恐怕等不到那天

风起并没有听海阔的劝告，他还是每天去探望西塔。

西塔高烧不退，连声咳嗽，吃东西会呕吐，只吃流质的食物。

这天，我随着风起进蒙古包看西塔。

西塔用一条手帕盖住鼻子那个窟窿。

风起坐在她床边，撩开她的头发，用手捂着她的额头，探测她的体温。

西塔感动得落泪，手帕都湿了一大片。

风起问她："西塔，你今天感觉好些吗？"

西塔答非所问："风起王子……恐怕我等不及了。"

她呜咽着，加上鼻子漏风，说话含混不清，要很细心听，才听得出她在说什么。

风起很细心，听出来了："等不及什么?"

"等不及希瓦来找我。"

"希瓦会来找你? 他不知道你在这儿啊!"

西塔有信心地说："他知道的，米娜通知他了。"

"米娜什么时候通知他的?"

"米娜走的那天，我在她耳边悄悄说了一句话。我说，告诉希瓦，我在这里等他。我相信米娜，米娜是我的好朋友，她一定会通知希瓦的。我相信希瓦，希瓦一定会来找我的。"

西塔信任她的朋友，让我羡慕。我也不知道我羡慕她什么，就只是羡慕她那份信任。我觉得这样很好，信任别人，对事情就能放心；能放下心来，心就安了。

西塔就只有几个朋友，如果对朋友不信任，疑神疑鬼，日子就不好过了。

风起沉默着，没有说什么。他没有说话，只是聆听。他瞅着西塔，等西塔继续说下去。

西塔继续说："米娜走后，我每天给希瓦写情书。"

"写信?"风起挑起眉毛，眼睛睁大了。

我在不一样王国这么多年，第一次听说有人写信。

写信是古代的事，像久远的传说。

"写了信，你怎么交给他?"风起问。

"我还没有交给他。风起王子，你可以帮我把情书交给他吗？"

风起为难地说："我没有打预防针，不能飞到科研岛交给希瓦……"

"你不需要去科研岛。等希瓦来的时候，你把信交给他。风起王子，好吗？"西塔乞求。

"西塔，你好好活下去，等希瓦来找你时，你亲自把情书交给他，这样不是更好吗？"

"风起王子，我也想啊！"西塔眼泪涟涟，"我就是怕我活不久了，等不到那一天了。等那一天来了，希瓦找不到我……他找不到我，会很伤心……你就把我的情书交给他。他有我的信，至少是一种安慰……也不会那么伤心了。"

风起忍不住，也流下了眼泪。

"风起王子，拜托你了，你帮帮忙，好吗？"

风起流着泪点头。

西塔从床褥下面摸出一把钥匙，交给风起。

风起莫名其妙。

西塔指着大皮箱："我的情书，收藏在里面。"

皮箱是王后的遗物。海阔捞起来后，交给小孙。小孙没把它带走，留在蒙古包里。现在，西塔把它占为己有。

风起用钥匙打开皮箱，扯出一匹白色的布。

那原是一床白色被单，也是属于王后的。

被单一半是白色的，一半填满密密匝匝的字，中间也有几个小小的插图。我的眼力好，阴暗中也看得清晰，可是，那些字我看不懂，不知道写的是什么。插图我看明白了，都画得很可爱。

西塔画出她身边的人物，把王后画成女巫，小孙画成小丑，国王画成恶魔，风起画成天使，瑜美公主画成美人鱼，还有我，威风凛凛的大老虎！画得惟妙惟肖。

西塔又猛烈地咳嗽，像鞭炮一样，噼噼啪啪，一大串。她的咳嗽声和常人不一样，因为鼻子破了个大洞，就像破铜锣，夹着窸窸窣窣的风声，听了让人觉得山雨欲来。

她咳了好一会儿，渐渐小声，快要停了，忽然又爆出一声大咳，咳得眼泪飞溅，胸口拱起来，两脚猛踢。

咳声戛然而止，她死了？

西塔轻轻地喘息，然后叹道："唉！忍不住……对不起……"

风起没有因为她咳嗽而避开，还是坐在床边。她咳得厉害时，风起皱起眉头，忧心地瞅着她。

西塔生病的样子，一点儿都不好看。风起是心肠极软的人，我相信他看见别人受苦，心里一定很难受。

风起并没有阅读西塔的情书，他把那匹白布整整齐齐地叠好，放回大皮箱里，再把皮箱锁起来。

他把钥匙交还给西塔，认真地对西塔说："西塔，万一

你真的……我答应你，我一定会设法把你的情书交给希瓦。不过，我更希望的是，你快点儿好起来，继续给希瓦写信。"

西塔把钥匙塞入风起手中，握住风起的手，闭起眼睛。

风起没有把手抽回来，等西塔入睡。

"风起哥哥——风起哥哥——"

瑜美公主的叫声从海那边传来。

西塔推开风起的手："去吧。谢谢你。"

21. 生病不是做错事

　　风起也病了。他发烧了，情况没有西塔那么严重，没有咳嗽，还吃得下稀饭。

　　风起的病，是鸟兽岛的一个秘密。风起说是秘密，就是秘密。他说，别让海阔知道这个秘密。

　　他需要休养，但他不想在自己的蒙古包里养病。他躲在余妈妈的蒙古包里，躺在米娜那张床上。

　　我是风起的贴身保镖，只好跟着他转移阵地。我躺在余妈妈蒙古包的门口。我后来才明白风起为什么要这样做，他在那里，方便余妈妈照顾他，也方便瑜美公主探望他。

　　瑜美公主只要从水池里伸出头，就可以望见风起。风起生病时，瑜美公主很少出海去，大部分时间都泡在水池里陪着风起。

白马又在鸟头峰上叫了三声，风起知道海阔要来了，对瑜美公主说："瑜美，你出去吧。"

瑜美公主刁蛮地回答："我在自己家里，才不怕海阔哥哥看见，为什么我要出去？"

"我怕他来找你，看见我。我不想让他知道我在这里。你出去吧。"

"让他知道又怎样，风起哥哥，你怕他吗？"

"我不是怕他。瑜美，我只是不想让他知道我生病。"

"生病又不是做错事，何必偷偷摸摸？风起哥哥，我就不出去。海阔哥哥知道更好，他会告诉爸爸。爸爸知道你生病了，会来医治你的。好久没有见到爸爸了。"

"国王爸爸很忙，我不想麻烦他。"

"可是你生病了啊。万一你……出什么事，该怎么办？"

从瑜美公主的声音听得出她急了。

"瑜美，我不会有事的。我知道我的身体，我有过这样的经验，不会有危险的。"

"你怎么知道不会有危险？你又不是医生。"

"你问你妈妈吧，你妈妈知道我已经度过危险期了。"

"妈，是真的吗？"瑜美公主大声喊。

"应该是吧。昨晚他发烧得厉害，我替他测量，体温高达41度，现在只有39度，好多了。"余妈妈回答。

风起又说："我知道，这是我的免疫系统对病毒的反应。我的免疫系统已经战胜病毒了。"

"风起哥哥，"瑜美公主喊道，"就算如此，你也该让爸爸来看看哪。他把我们丢在这里，都不管我们了，一点儿都不关心我们。"

"瑜美，我会让国王爸爸来的。等我体温下降后，我会叫国王爸爸抽取我的血清，为西塔治疗，就像三年前我救豆白一样。"

瑜美公主气呼呼地嚷道："你就只想到别人。你都自身难保，还要救人，还对豆白念念不忘，还想救西塔。你为了西塔……"

风起打断瑜美公主的话，说："对了，西塔高烧不退，我怀疑她有禽流感的病毒。我怀疑海阔对西塔注射的是病毒，不是疫苗。瑜美，你能不能帮我查清楚这件事？"

"你要我怎么查？难道你要我去问海阔？"

"对，我就要你去问海阔。海阔如果来找你，你就问他为什么西塔高烧不退，我相信海阔一定会对你坦白。"

瑜美公主恼火了，喊道："你就是为了西塔？"

"瑜美，你听我说，我只是想知道真相。海阔说，有些事情，我不需要懂。我怀疑他说的事情，跟病毒有关。我怀疑国王爸爸，研究病毒，不一定只是为了治疗人类。"

　　"你怀疑，你怀疑！为什么你疑心那么重？你怀疑海阔，你怀疑爸爸……你要相信爸爸。"

　　"瑜美，我不是有意要怀疑爸爸，而是因为他们有计划不想告诉我，我才会猜测。我只是不想被蒙在鼓里。"

　　对！风起，你就是被蒙在鼓里。国王杀人的阴谋，你一点儿都不知道。你这么怀疑是有道理的。你叫瑜美公主去问海阔，也是对的。

　　瑜美公主说："我不想去问海阔哥哥。"

　　"你不想问就算了。"

　　他们都保持沉默，我听不见声音。

　　我转动耳朵。

　　风起在里面喊："蛋猫！海阔来了，你还不去接他？快去！"

　　我只好离开。

　　岛主的命令，我敢不听吗？

22. 风起王子在家吗

　　我奔上马背岭，看见海阔、小孙和有点花正从西海岸爬上来。

　　我迟到了。

　　海阔瞥了我一眼，不高兴地说："我还以为你不来了呢！"

　　他不高兴，我也没有办法。我不知道我来接他有什么意义，就只是陪着他走。有没有我在，对他没有两样。没有看到我就不高兴，他那么喜欢我吗？才不是呢。

　　有点花往南走，走向羊尾崖。

　　海阔喊道："喂，你去哪里？"

　　有点花问："然后，我们不是去捉鸟吗？"

"不是。"海阔往东走，走向西塔的蒙古包。

他去看西塔？他开始关心西塔了？

小孙手里提着一个医药箱。

他们要给西塔治疗？

我们走进西塔的蒙古包，西塔已经虚弱得快要死去。

西塔多日没吃东西，只喝山羊奶。多亏鸟兽岛的一只母山羊下了羊羔，有点花每天去挤羊奶给西塔喝。

"臭！"小孙一进蒙古包就这么说。

羊奶有膻味，但那个臭不是乳臭味，是臊味，西塔失禁尿床了。嗯，她的尿也含羊膻味。

西塔没有睁开眼睛，只张嘴咳嗽。咳嗽也缺乏劲儿，声音不大，每咳一声，她的鼻子窟窿就冒出一个泡泡。

海阔从裤袋里摸出一个自制的口罩，盖住鼻子和嘴巴。

小孙望着海阔，只能用手捂住鼻子。

海阔打开药箱子，取出针管和液体药剂。他将药剂装入针筒内，针头朝上排出空气。一切准备就绪，他握住西塔的一只手，要在她的手臂上注射。

"风起……王子？"西塔虚弱地问。

海阔没有回答，一针扎了下去。

西塔痛呼一声，要缩手，但手被海阔紧紧地攥住。

海阔拇指一摁，把药注射进去。

西塔睁大眼睛，见是海阔，浑身打一个哆嗦。老半天，她才吐出一句话："你……做……什么？"

海阔已经注射完毕，把针头拔出来。

小孙回答她："西塔，你别害怕。这是解药，你很快就会好起来。"

"多嘴！"海阔骂道，然后支使小孙，"把东西收起来。"

小孙把针筒等物收进药箱子。海阔快步走出来，刚好我挡在门边，被他踢了一下。

海阔拉下口罩，大口呼吸新鲜空气。

有点花没有进蒙古包。他抱着鸟笼，坐在外面等待。

海阔望向风起的蒙古包，问："风起王子在家吗？"

有点花期期艾艾说："在……不在……不在，然后……飞上天空了。"

海阔又问："瑜美公主在吗？"

"在……在……在。"

小孙拎着药箱子从蒙古包里出来，喊道："臭死了！"

海阔回头对小孙说："你和有点花去捉鸟，然后去码头等我。我去找瑜美公主。"

他们两个小东西蹦蹦跳跳地走远了。

海阔走向风起的蒙古包，挑开门帘，往里头看。

原来他不相信有点花的话，不相信风起不在家。

他这一招，大概风起早已料到。现在我才明白，风起躲在余妈妈的蒙古包里，不只是为了让余妈妈照顾，也是

为了避开海阔。

海阔找不到风起，举目望天空。当然，风起不在天上。

他继续走，经过余妈妈的蒙古包。他在余妈妈的蒙古包前驻足。风起就在里面，他看出了端倪？

余妈妈也在蒙古包里，她没有出来。自从风起生日那天过后，余妈妈就不想见到海阔。

海阔没有去找余妈妈，径自走向瑜美公主的蒙古包。

我悄悄跟在后面，一颗心咚咚跳。要是海阔掀开门帘，从瑜美公主的蒙古包望入内，就可以看见风起躺在另一个蒙古包里，风起躲避海阔的事，不就穿帮了吗？

我不敢往下想。

23. 不要让风起听见

海阔正要掀开蒙古包的门帘。

"海阔哥哥——"瑜美公主扶着海边的大石头，伸出头来喊。

海阔回头，见到瑜美公主，大喜。他像孩子一样，翻两个跟头到海边，踩在海水里。

"风起呢?"

瑜美望着天空，说："不知道。"

"你不是和他在一起玩吗?"

"不是。"

"你们没有在一起吗?"

"他在天上飞，我在海里游，怎么在一起?"瑜美公主反问。

“对呀！你们是不同世界的人，我和风起也是不同世界的。我和你一样，都是属于海洋的。”

海阔脱去上衣，露出大龟壳：“好久没有比赛游泳了，我跟你比赛游泳，好吗？”

瑜美公主伏在石头上：“不要，我刚刚从黑米岛那里回来，很累。”

她说谎。她刚才还在蒙古包里。

“黑米岛？”海阔斜眼看瑜美公主，“现在哪里还有黑米岛，不都被大水淹没了吗？”

糟糕，瑜美公主的谎言露馅了。

瑜美公主淡定地回答：“你浮在海面上，当然看不见黑米岛。我在海底潜水，黑米岛从来就没有消失过，它只是被水掩盖了。”

“对呀！”海阔拍打自己的头，“我真笨。我们再去黑米岛看看好不好？我驮着你去，你就在我背上休息。我可以做你的摇篮，在海里摇哇摇哇。你就像一个小宝贝，伏在上面睡着了。”

肉麻。

“不要！”瑜美公主一口拒绝。

“不好吗？”海阔噘起嘴巴。

“不好。你把我托在太阳底下，太阳那么猛烈，要把我晒干吗?"瑜美公主头脑灵活，马上想出借口。

"好吧，"海阔挠着后脑勺，想着其他点子，"那么，我们……"

瑜美公主不让他讲下去："你不是很忙吗？去捉鸟了没有?"

"我派小孙和有点花去捉鸟了。"海阔涉水走向瑜美公主。

"你真聪明，叫别人去干活，自己闲着没事。"瑜美公主揶揄他。

"谁说我闲着？我刚刚给西塔打针呢!"

"打针?"瑜美公主笑着说，"你做医生了？西塔发高烧，你给她退烧药?"

"不是退烧药，是……"海阔把话咽回去。

"是什么药？你说!"瑜美公主语气咄咄逼人。

海阔左右张望一阵，靠近瑜美公主，小声说："是解药，是H4N13的特效药。"

我虽然离他十米之遥，却听得清清楚楚。老虎的耳朵就是好。

"爸爸成功制造出特效药了!"瑜美公主惊喜地叫起来。

"嘘！不要让风起听见!"

"这是好事情，为什么不让风起哥哥知道?"

"风起会想得太多，我怕他破坏我们的计划。"

"什么计划？风起为什么会破坏？"瑜美公主追根究底。

"嗯……嗯……我说了，你会不会说给风起听？"

"你不信任我就算了，走开一点儿。"瑜美公主气咻咻地说。

"好，我说，可是……你不可以告诉风起，好吗？"

瑜美公主沉默着。我看不见她，她在石头后面。我不知道她在点头还是在摇头。

"风起不让我们用人类试验药物，会破坏我们的计划。我现在替西塔注射的特效药，也只是在试验阶段，不知道能不能成功。"

"去年，在大水之前，爸爸不是成功研制过特效药了吗？只要找来同样的材料，用同样的办法，不就成了吗？有那么困难吗？"

"你不了解，任教授他……"海阔欲言又止。

任教授不肯透露萃取 X 元素的方法，海阔也知道？

"任教授死了，你们就制造不出来。难道以前的特效药是他研制的？"

"也不是。任教授只负责一部分工作。他死后，他负责的那部分我们不了解。国王用他自己的方法制造，不知道做得对不对。现在把特效药制造出来，给西塔注射，如果能治愈西塔，我们就成功了！"

原来他们拿西塔做试验。

"我不明白。你说能治愈西塔，特效药就成功了，万一西塔只是普通的感冒发烧，而不是你们说的那种禽流感呢？她好了，也不代表你们成功。"

"瑜美，我告诉你，我肯定，西塔患上的就是H4N13禽流感。"

"你怎么肯定？你会诊断？你又不是医生。"

"我肯定！百分之百！"

"哼，不要太过自信！你可能会估计错误的。"

"不会错的，我上次给她注射的就是H4N13病毒。"

瑜美真聪明，居然把海阔的话套了出来。海阔好胜，不服输，被瑜美公主一激，什么秘密都抖了出来。

"你骗我。你上次不是跟风起说是疫苗吗？"

"我没有骗你，瑜美。我只是骗风起。"

"为什么你要骗风起？风起不是你的好朋友吗？"

"他是我的好朋友，可是，他心肠太软，如果我老老实实告诉他，他一定不让我注射。给西塔注射病毒，是国王给我的一个重要任务，我不能让国王失望。"

"我爸爸还好吧？我好久没有看见他了。"

"他很好，就是在争取时间研制特效药，没有时间探望你。要是这次试验成功，国王一定很高兴，可以松一口气，也可以来看你了。"

"你跟我爸爸说，我很想念他。"

"好。你要记得，千万不要跟风起透露特效药的事，也别告诉他我注射的是病毒。要不然他就会憎恨你爸爸。万一试验失败，西塔死了，他可能会找你爸爸报仇。"

"海阔哥哥，你别胡说。"

"我不是胡说，风起为了人类，什么事情都肯干。西塔是人类，他就对西塔特别好。我看，他是喜欢上西塔了。"

"胡说，西塔脸上有一个大窟窿，他不会喜欢的。"

"那个窟窿用手帕盖住就看不见了。"

"哼，我不相信，西塔有什么好？"

"她是人类。"

"人类又怎样？"

"人类有一双美腿。你没有，你只有一条大尾巴。"

"你……不跟你说话了！"

扑通一声，瑜美公主跳下海游走了。

"瑜美公主……"海阔喊。

没用的，瑜美公主游泳飞快，海阔是追不上的。

海阔怅然离去。

24. 余妈妈真是好人

听了海阔和瑜美公主的对话，真相大白了。海阔给西塔注射的果然是病毒，风起猜测得没错。国王研制特效药，用西塔来做试验。

我还有一个疑问：为什么先研制特效药，而不是先研制疫苗？

我琢磨着，两者先后有什么不同。

国王研制了特效药，马上可以获得金钱的回报。只要把病鸟放出去，人类患上致命的禽流感，急需灵药，国王就可以卖药赚钱。

如果先研制疫苗，即使成功了，国王要怎么靠它赚钱？告诉人类说它可以预防禽流感，人类会相信吗？该怎么证明？

人类的事情，身为一只大老虎，我很难想得通。

我只知道，特效药是给病人治疗用的，疫苗是给健康人士预防用的。如果我是病人，我会急着要买药，不能等，慢一步就会死掉。如果我是健康人士，我不会急着要打预防针，天知道我会不会感染上病毒。

如果这样想，特效药的确比疫苗容易卖，而且卖得快，卖得贵。国王马不停蹄地研制特效药，或许是有金钱压力，急着要挣钱。一定是这样，我知道，一定是这样。

我知道的，瑜美公主不知道。

海阔走后，瑜美公主从大海游回水池里。

我在蒙古包外面，听见风起问："海阔走了吗？"

"走了。"

"他说什么？"

"呃……"

瑜美公主不知怎么回答。海阔说的话太多了。

"他给西塔注射什么，你查出来了吗？"

"查出来了。"

"他注射的是病毒还是疫苗？"

"是……他说是……是疫苗。"

这个答案令我震惊，瑜美公主和风起感情这么好，却没有对风起坦陈，没有如实告诉风起。

"疫苗？可是……西塔的情况像感染了禽流感病毒。"

风起还是不相信。

"这个我就不知道了。"

"也许海阔并没有对我们说实话。"风起思忖着。

风起说"我们"，表示他和瑜美公主是一方的，海阔是另一方的。

"是，也许我们都被他瞒骗了。"

瑜美也说"我们"。或许，她真的希望自己和风起是同一条船的，要骗，就一起被骗。

风起说："没关系，我想我明天就可以痊愈。"

"会的，我相信你明天一定会好起来。"

"那我就可以飞去科研岛。"

"你要去科研岛做什么？"

"找国王爸爸，叫他抽取我的血清来救治西塔。"

"你……又是为了西塔！"瑜美生气了。

"当然，救人要紧。"

瑜美公主不再说话，连海阔今天给西塔注射药物的事也不提起。

他们不说话，我就在想，为什么瑜美公主要对风起隐瞒？想来想去想不通，250克的脑子想不出1300克脑子的想法。

风起和瑜美公主在蒙古包里面谈话时，余妈妈正在厨

135

房烧水。

余妈妈把水烧开，把热水加入一桶冷水里，用手探了探水温，然后提着这桶温水走向西塔的蒙古包。

她每天都帮西塔擦身体。她真是好人。西塔是国王派来服侍她的，而这些日子，西塔生病，却反过来让她照顾。

西塔的病会不会好起来呢？那实在是一个问题。

我感到矛盾，一方面希望西塔的病好起来，一方面又不希望西塔的病好起来。和西塔相处久了，西塔已经变成我的好朋友。我真的不希望西塔就这么死去，她死了，我会很伤心的。

如果西塔不死，逐渐痊愈，那就说明特效药治愈了西塔，也就是说，国王成功研制特效药。那也不是一件好事。

特效药一旦成功研制，国王就可以开始释放病鸟。病鸟放出去，会害死很多无辜的人。西塔活下来了，结果更多的人却会死去。虽然我不是人类，我却不希望人类得到如此残酷的结局。

西塔会不会好起来，也不由我控制。我只能祈祷，祈祷什么？要她活还是要她死？我真的不知道，我很纠结。

无论如何，今晚我得去看看她。

25. 星星在空中荡漾

夜深人静，西塔的咳嗽特别响亮。

能够咳嗽咳得这么强而有力，西塔的病情似乎在好转。

是她精力恢复了呢，还是死前的回光返照？

我深深地吸了一口气，然后钻入西塔的蒙古包。

那股臭味已经变得清淡，蒙古包里面干净多了。这都是余妈妈的功劳。

"蛋猫吗?"

西塔有力气说话了，我听了还是十分高兴。

"是的，是我。"

我又说话了。

"蛋猫，我觉得我快要死了。"

"不会的，我听你说话的声音，你已经好多了。"

"蛋猫，我的身体我知道。我真的快要死了。"

西塔说完，又不停地咳嗽。

我等她咳。我不能够做什么，只能等待，等她咳够了停下来。

她停下来后，对我说："蛋猫，你不必安慰我。我要死了，我不害怕。"

"你不害怕死亡?"

我很佩服她的勇气。

"有时我也害怕死亡，"西塔顿一顿，从容地说，"有时候，想起死亡，我很害怕。我害怕自己没有了，自己就这么忽然消失了。我觉得很可怕，像在一个光亮的地方瞬间变黑暗，黑暗得什么都看不见。不但看不见，连摸都摸不到。摸不到身边的东西，摸不到身体。忽然什么都消失了，连自己也消失了。什么感觉都没有。好端端的，突然间空了，连感觉都没有了。连感觉都没有，想起来十分恐怖。我怕，我哭。我宁可伤心哭泣，至少伤心哭泣还有感觉……"

在黑暗的蒙古包里，她这么说，我听了也毛骨悚然。我相信，死亡就如她所说的，什么都失去，最终什么都不剩。

"有时候，我会想起希瓦，想起我们两个人的爱情，我就相信有灵魂。爱情肯定有灵魂，没有灵魂的爱情，还算爱情吗？如果有灵魂，我就不害怕死亡了。我反而觉得自由了，我的灵魂自由了，不必再被困在这个小岛上，我可以飞出去，像风起王子那样飞出去。蛋猫，你知道，我多么羡慕风起王子，多么希望有一双翅膀就长在我的身体上，让我可以飞去找希瓦。我死了，变成灵魂，就可以去找希瓦了。想到能够找到希瓦，我死也不怕……"

　　我不相信死后有灵魂。灵魂只是人类的想象，只是自我安慰。但是，我不想反驳。就让她相信有灵魂吧，至少，这样她会好受一些。

　　"有一次，我找不到希瓦，我多么焦虑，发疯了似的到处跑。那时，在曼谷机场，他要带我去清莱玩。我们去机场去早了，还没到值机的时间。我们坐在椅子上等，后来我去卫生间，从卫生间出来，希瓦没有在椅子上。我等了一两分钟，觉得不对，会不会是希瓦抛弃我了？于是我到处跑，发疯似的，在机场里转圈子，跑得满身大汗，披头散发，很多人问我什么事，我都不理，只回答希瓦希瓦。后来我才发觉，希瓦在后面追我，他问我要去哪里，我抱着他大哭。忘了告诉你，我在学校里是田径四百米冠军……"

　　我听得有点儿糊涂。她不是在说着死亡的事吗？怎么说到一半又跳到另一件事去了？我还是耐心地聆听。她想说什么就说什么。她越说越起劲，似乎一点儿都不累，连咳嗽也忘记了。

"那时候，我们在恋爱中，分开一分钟都受不了，恨不得分分秒秒都依偎在一起。后来我们被海盗掳来这里，卖给了国王。国王把我们分开了，把他留在科研岛，把我带去豆蔻岛。国王还亲手把我的鼻子割去，我的鼻子变成一个大窟窿……"

说到这里，西塔哭了。她哽咽着说："我是一个大美女呀！一个大美女怎么可以没有鼻子？我照镜子，看见自己的脸，简直不想活了。但是我必须活下去，为了爱情，我不能死。我要留下性命来和希瓦相聚。我和希瓦分开了。以前分开一分钟都太久，后来竟分开那么多年……"

西塔语塞，停下来发呆。几分钟过去，她像一块石头，一动也不动。我也不敢动弹，连呼吸都轻轻的。她叹一声，又说："这么多年过去了，我竟能和希瓦分开这么多年！分开久了，也就麻木了。不是说我不爱他，我还爱他，像以往一样爱他，丝毫不减少，可是我已经习惯分开的日子，不觉得分开太难受。我时时刻刻都想着他，想着他现在正在做什么。想着想着，竟把自己的想象当真……"

西塔说到这里，忽然咯咯地笑起来，然后摇头说："我想希瓦，想得快发疯了。有时候晚上下一场大雨，我担心他被雨水淋湿，担心他生病了。第二天我就想象他生病了，他生病了还被逼迫去工作。我想象他在工作时晕倒了，国王没有办法，只好让他休息。第三天我就想他病好了没有，想象他病好了还装病，因为生病可以偷懒，不需要工作。希瓦这个人我了解，有时候很懒。我就这么想象着他的点点滴滴。我只能靠想象来填补我对他的思念，思念不能够是空的，必须有内容，有什么内容，就凭我自己去想象。如果我死了，变成灵魂，我就不需要靠想象，我就可以飞去见他，一分一秒也不离开他……"

西塔转头问我："蛋猫，你说，人死后有灵魂吗？"

"有。西塔，相信我，肯定有。"

我说谎了，说得理直气壮。

"我要死了，有灵魂我就不害怕了。只是，还有一件事情我觉得很遗憾。"

"什么事？"

"我十七岁上大学，就离开爸爸妈妈，很少回家。谈恋爱后，我更不想家了。我在家时，和爸爸妈妈天天吵架，他们叫我做什么事我都不会听，我就喜欢做他们不喜欢我做的事……"

"你爸爸妈妈对你不好？"

"他们对我很好，太好了，好到我受不了。"

"你失踪了他们一定很伤心。"

"一定伤透了心。我想起他们，心里都疼痛。我爱他们，我爱我的爸爸妈妈……"

她有爸爸妈妈，却不知珍惜。我都不知道我爸爸妈妈长什么样，我自小就是国王养大的。要是我有爸爸妈妈，我不会和他们吵架，我会好好爱他们。

西塔哽咽着说："如果我还有机会和他们说话……我要告诉他们……我爱他们。可是，一切已经来不及了。我在家里，从来没有表示过我爱他们。我在家里，只疼爱家里的一只猫。"

"你家养猫?"

"我家里，养了一只黑猫。黑猫晚上喜欢对着外面喵喵叫，外面一个人也没有。我妈妈说猫看见灵魂了。她说，猫的眼睛看得见灵魂。蛋猫，你的眼睛是老虎的眼睛，老虎的眼睛看得见灵魂吗?"

"看得见。"我又说谎了。

"你见过灵魂吗?"西塔问我。

"见过。"我说。

"你见过谁的灵魂?"

"嗯……"我必须说出一个死者的灵魂，我说，"王后，王后的灵魂。"

西塔缩起手脚。"王后是不是来找我算账来了?"

"没有。她的灵魂没有仇恨。"我灵机一动，说，"我在科研岛看见王后的灵魂，王后的灵魂守在国王身边，深情款款地看着国王。"

说完，我感到内疚。我觉得自己无耻，胡编乱造。

"对了，蛋猫，你说对了。我死后也会飞去科研岛，深情款款地看着希瓦。蛋猫，谢谢你告诉我这些，我不再怕死了。我不……咳咳咳……咳咳咳……"

西塔又开始猛烈地咳嗽。

她挥手叫我走。

我移动沉重的四条腿，慢腾腾地走出西塔的蒙古包。在外面，我还听见她的咳嗽声，咳嗽声强而有力。

我仰头看星星，风吹过来，吹得星星模糊了，在空中颤抖荡漾。

26. 白马哀恸地嘶鸣

天还没亮透，白马就站在西塔的蒙古包前面哀鸣。他四脚直立，伸长脖子，一声声嘶叫。叫声并不响亮，高高低低，断断续续，像一把生锈的锯子，锯着每一个听者的肝肠。

我躺在余妈妈的蒙古包前面，肝肠寸断。我知道是怎么一回事，却没有勇气去证实。白马怎么知道？我只希望是白马判断错误。难道白马看见西塔的灵魂？我抬头四望，睁大眼睛，什么都没看到。

余妈妈从蒙古包里冲出来，踢到我的肚子，踉跄跌倒，随即爬起身，趔趄着钻入西塔的蒙古包里。不会吧？没事吧？我等她出来，对我说没事，骂白马无故乱叫。

她没有出来，在里面号啕大哭，一声高过一声。我忽然想起，这个岛上，只有她和西塔是完全人类。她们虽然是主仆关系，但这些日子她们相濡以沫，情同姐妹。西塔的死，她是最伤心的。

有点花从香樟树上跳下来，风一般地冲入西塔的蒙古包。

"发生什么事了?"瑜美公主在水池里问。她就只能在水池里。

风起预感不妙："我去看看。"

我赶快起身，站到一旁，怕阻挡了他的去路，害得他也跌倒。

风起掀开门帘，还没有走出来，有点花就从西塔那里出来，向风起报告："西塔死了，然后，余妈妈哭了。"

风起回头向瑜美公主传话："西塔死了……"

他说完开始抽泣。

我没有听见瑜美公主的哭声。她跟西塔接触不多，感情并不深厚。

风起回头入内，哀伤地说："我还来不及救她，她就死了。"

瑜美公主喃喃地说："西塔死了，爸爸失败了。"

"什么失败了?"

"特效药。"瑜美公主脱口说出。

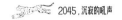

"什么特效药?"

"呃……"

"瑜美,你说,国王爸爸什么时候给西塔特效药?"

"昨天。"瑜美公主细声地说。

"昨天海阔给西塔注射特效药?"

"嗯……"

"国王爸爸在试验特效药?"

"嗯……"

"所以,海阔之前给西塔注射的是病毒?"

"呃……"

"是不是?"风起大声问。

"呃……"

我看不见他们的动作,也许瑜美公主点头,也许摇头。

"为什么你不早告诉我?"风起吼叫。

瑜美公主反驳:"告诉你,你又能怎样?你去找我爸爸算账吗?"

原来瑜美公主怕风起找国王算账,才不敢把真相告诉风起。

急促的脚步声从蒙古包里面传出来。

"风起哥哥!"瑜美公主喊道。

风起不理,气哼哼地走到蒙古包外面。他瞥了我一眼,没说什么。我看得出他一脸的悲愤。他愤怒的样子,反而让他显得神采奕奕，好像完全病愈了。

"风起哥哥!"瑜美公主在蒙古包里嘶喊。

风起闭起眼睛，深呼吸。他爬上大石头，徐徐展开翅膀，前后挥动，扇出一阵阵凉风。

瑜美公主又哽咽着喊："对不起啦，风起哥哥!"

风起脚一蹬，扑棱扑棱地飞上天空。

余妈妈的哭声停止了，瑜美公主的哭声响了起来。

瑜美公主真是一个小孩子，说话不顾后果。

要瞒住风起就不如一直隐瞒下去。

隐瞒得太辛苦，要讲，也该选择一个恰当的时候讲。这个时候说出来，对一个正为西塔伤心的人来说，等于雪上加霜。

风起会飞去哪里？他会飞去科研岛找国王算账吗？他去找国王算账，等于鸡蛋碰石头，肯定自己遭殃。年轻人，太冲动了。

余妈妈从西塔的蒙古包里走出来，看见白马。

白马垂首直立，不再叫了。余妈妈抱住他的脖子，对他说："西塔死了。西塔是好人。白马，你不要太伤心。"

我看得出白马很伤心。

白马就是这样，人家开心，他也开心，人家伤心，他更伤心。他像背景音乐，人家开心的时候播着轻快的小调，人家伤心的时候播着哀愁的悲歌。

余妈妈看见我，向我走来，抱着我的脖子说："西塔死了。"

我感觉到她的眼泪濡湿了我的虎毛。我不知道如何安慰她，但愿我有一双手臂，能给她一个拥抱。

她在我耳边说："你先别去看西塔，等我替她把身体擦干净，把头发梳整齐，你再去看她，好吗？"

我点头。

余妈妈侧耳倾听："瑜美在哭？"

　　她掀开门帘，疾奔入蒙古包，"瑜美，别哭了。西塔死了，不必再受苦了。死了，对她也是一种解脱。瑜美，你不要伤心。"

　　"不要讲了！"瑜美公主大喊。

　　"瑜美，瑜美，瑜美……"

　　瑜美公主一定是游向大海去了。

　　过了好一会儿，余妈妈才从蒙古包里出来。

　　她问我："风起王子呢？"

　　有点花从香樟树上跳下来，说："风起王子飞走了，然后，瑜美公主哭了。"

　　"他还能飞？他不是发烧吗？"余妈妈忧虑地仰望天空。

　　有点花说："他发烧，然后，飞走了。"

　　余妈妈叹道："唉，今天是什么日子？发生什么事了？为什么每一件事都不顺遂？"

　　我不能回答她。

　　她去厨房烧水。人死了，还要用温水擦身体吗？

　　余妈妈对西塔真好。西塔生前，余妈妈给她擦身体；西塔死后，余妈妈也给她擦身体。

　　西塔，你的灵魂看见了吗？你看，你多么幸福！

　　或许，西塔的灵魂已经飞向科研岛。

　　或许，她现在已经见到希瓦了。

　　我多么希望，死后真有灵魂这种事。

27. 无论发生什么事

　　我站在大石头上，看见风起牵着瑜美公主回来了。

　　风起在海面上飞，垂手拉着瑜美公主。瑜美公主会游泳，却要风起拖她回来，分明是向风起撒娇。风起总是惯着瑜美公主。

　　他们回来就好，我担心的是风起去找国王。

　　我跳下来，站在大石头后面。我是一只大老虎，虎视眈眈地看着别人，别人会觉得害怕。要是风起看见我在大石头上盯着他们看，会觉得我没有礼貌。

　　风起拉着瑜美公主飞回来，从大海拉入水沟。我没有正眼看他们，但是他们的一举一动都在我眼角的余光里。老虎的视角，比人类开阔。

靠近瑜美公主的蒙古包时，风起松手，让瑜美公主自己游入水池。风起双脚落地，从正门进入瑜美公主的蒙古包。

他们在蒙古包里面，我守在门口。不是我要偷听他们说话，我的职责就是保护风起。我是风起的贴身保镖。

"风起哥哥，"瑜美公主在水池里问，"你憎恨我爸爸吗？"

"他不应该拿西塔来做试验，不应该害死西塔。"风起仍然不忿。

"对不起啦。"

"又不是你的错。"

"我怕你找我爸爸报仇。你会找我爸爸报仇吗？"

"我不会。"

"风起哥哥，你真好。"

"国王爸爸对我也有恩，他救了我妈妈。"

"风起哥哥，你要记住这一点。以后无论发生什么事，你也不可以找爸爸报仇。"

"以后的事很难说。"

"很难说也要说清楚。你答应我，无论发生什么事，也不可以找爸爸报仇。我爸爸也是你爸爸呀，你不能这么不孝，不是吗？"

"可是，他拿人类来做试验……"

"风起哥哥，这个我知道。爸爸做事，必有他的理由，可能你不了解。他拿人类做试验，是为了救更多的人类。"

"我也是这么想，所以我不怪他。我只是生海阔的气，他不该什么事都瞒着我。他给西塔注射病毒，跟我说是打预防针。他给西塔注射特效药，也要瞒着我。"

"海阔哥哥变了。我也不喜欢他。"

"你也是。你听他的话，和他一起瞒着我。"

"风起哥哥……"瑜美公主哭了，"我不是全告诉你了吗？你还怪我……"

"好啦好啦。不怪你啦。"

"都跟你说对不起了……说了那么多次……还不够吗？你想要我怎样？"

"好啦好啦。不要哭了。我不怪你就是。"

"你还没有答应我一件事。"

"什么事？"

"无论我爸爸做什么事，你都不准找他报仇，知道吗？"

"知道了。他也是我爸爸。"

"风起哥哥，我要你说出来。"

"瑜美，我答应你，无论国王爸爸做什么事，我都不会找他报仇。"

"说话要算数，来，拉钩。"

他们还是小孩子，还玩这个，钩手指。我的手指粗短，就不能和别人拉钩。唉!

"哎呀! 白马，你还在这里发呆!"

那是有点花尖锐的叫声。

白马不是发呆，白马在默哀。别人默哀一两分钟，白马默哀老半天。他的哀伤比谁都沉重。

有点花推白马："白马，别发呆了! 然后，你叫，叫哇!"

我走过去看看。

"什么事?"余妈妈从她自己的蒙古包里钻出来。

原来余妈妈在里面，那么刚才风起和瑜美公主的谈话，她应该全听见了。两个蒙古包就这么贴着，中间还开一道小门呢。

有点花说："刚才我爬上鸟头峰，然后，看见一只船，从科研岛那里过来。然后，我知道海阔王子要来了。然后，白马没叫三声。"

白马听了，仰头草率地叫了三声，声音沙哑哀伤。

我感到奇怪，海阔通常午后才来鸟兽岛，可是现在是早上啊! 他怎么这么早就来了?

余妈妈责怪有点花："你也真是的。海阔王子来，白马有义务叫三声吗? 他叫三声是为了通知你们去迎接，现在既然你已经知道了，就不需要他通知你。你还在等什么，还不去迎接海阔王子?"

有点花扑在余妈妈身上，嗲声嗲气地说："然后，你骂我了？"

余妈妈搂着他，声调放轻柔，说："不是骂你，我只是教你。"

"我知道了，"有点花带着娇气说，"我来这里，提醒白马要叫，然后，就是要找风起王子，然后，和蛋猫去迎接海阔王子。"

"好，乖，乖。"余妈妈轻抚着有点花的头。

蒙古包里面，风起和瑜美公主都听见了。

瑜美公主说："你还不去？"

"不想去。"

"海阔哥哥会生气的。"

"就让他生气好了。谁叫他瞒着我！"

"别这样，就当作什么都不知道，像平时那样好了。"

"我不会演戏。我会跟他吵架，问他为什么要瞒着我。"

"风起哥哥，你千万不要，不要让他知道你已经知道。"

"我已经知道，就要让他知道我已经知道。"

"别！风起哥哥，就为了我。要是他知道你已经知道，他一定会怪我，怪我告诉你。他会找我吵架，我不想和他吵架。他很烦，你就别让他来烦我，好不好？"

"好吧，我不会和他多说话。"

"嘻，你本来就不会说话。他才会说话。我在这里等你们，如果他找我算账，我就知道是你说的，到时……"

有点花大喊："风起王子！出来！然后，我们要去迎接海阔王子了！他要来了，然后，就快到了！"

瑜美公主也喊："去，快去！不要多说！不要生气！去！"

风起蔫头耷脑地从蒙古包里钻出来，对我说："蛋猫，我们走。"

28. 谁都不想看到的

汽船上面有三个人，国王、海阔和小孙。

国王和小孙有黑猩猩的身体，手臂够长，船还没有靠向码头，他们的手已经伸过来，搭在码头上。他们身体一收，双脚缩上来，轻巧地站在我们前面。

有点花机械性地喊："欢迎国王，国王早安。然后，欢迎海阔王子，海阔王子早安。"

小孙扭头看有点花，有点花又说："然后，我们也欢迎你，小孙哥哥。"

有点花嘴巴就是甜。

小孙拥抱有点花："抱抱。"

国王也过去搂抱风起："风起王子，好久不见。"

风起木讷，不开金口，什么都不说。

小孙问有点花："西塔病好了没有？"

有点花伤感地说："西塔姐姐吃不下，然后，西塔姐姐走了。"

"走了？走去哪里？"小孙不明白。

"然后，死了。"有点花比小孙小，却比小孙懂事多了。

国王感到震惊，松开搂抱风起的手，问风起："西塔死了？"

风起叹息一声，点点头。

泪水从国王的眼眶里涌出。国王是个既坚强又勇敢的人，极少流泪。现在，他泪如泉涌。这不是演戏，演戏不会如此逼真。这是真情流露，他真的很伤心。

他伤心什么？他为西塔的死而伤心吗？

我不相信。我相信他为自己的失败而伤心。他辛辛苦苦研制特效药，眼看就要成功了。西塔的死，是一个零分的成绩单。他受挫折了。他不能接受自己的失败，所以伤心哭泣。

国王干脆抱着风起痛哭起来。

风起手足无措，呆呆地任由国王拥抱。

海阔自己动手把船拴好，跳上码头，听到西塔死的消息，一脸痛苦，失望中夹杂着愤怒。他用拳头猛打木桩泄愤，把木桩打缺了一角，也不知道他在生谁的气。

小孙歪着头看国王，问："爸爸，你为什么哭？"

国王抹去一把鼻涕，用手敲小孙的头，假惺惺地说："西塔死了，你不伤心吗？"

"可是，西塔是人类呀！"小孙委屈地摸着头。

国王又拍打小孙的头："人类又怎样？我们也是半个人类呀！更何况西塔曾经和我们住在一起，和我们就像一家人一样，和我们已经有深厚的感情，你能不伤心吗？"

这番话不像从国王嘴里说出来的。国王口是心非，他憎恨人类，不会同情人类。他跟我说过，他在人类世界里，尽量装扮成人类，穿长袖的衣服和长裤，遮掩毛茸茸的身体，可是人类还是因为他手臂过长而取笑他。他说，他尝试做一个杰出的科学家，为人类做出贡献，却受尽歧视和侮辱。他恨人类，他要报仇。

小孙双手掩着自己的头，跑开几步，反驳说："你不是讨厌人类吗？"

"我什么时候讨厌人类了？"国王矢口否认，"我们对人类苛刻，因为我们需要他们工作，那也是迫不得已的呀！要是我们条件好了，我们也会公平地对待人类。"

国王瞟了风起一眼。

国王这一番话，显然是说给风起听的。风起站在人类那一边，国王又怎么不知道？

小孙怕被打，先爬上山去。

有点花跟在他后面跑。

国王和风起并肩走。风起保持沉默，一句话也没有说。

风起什么都不必说，仍然赢得国王的宠爱。

海阔看在眼里，心里怎么想？他默默地跟在他们后面，垂头丧气。

国王主动开口问风起："为什么默不作声？你有什么不满、什么疑问，尽管提出来，我一定会给你一个坦诚的答复。"

这么一句话打动了风起，他开口说："国王爸爸……"

"叫我爸爸，别老是国王。"

风起还是坚持说："国王爸爸，那天，你给西塔注射的是病毒？"

国王回头瞪了海阔一眼，说："是H4N13病毒。"

海阔低下头去，双拳紧握，手指关节咔嗒咔嗒响。

"你在试验特效药的功效？"

国王承认："是的。这是没有办法的事。特效药到最后阶段，就必须通过人体试验。"

"可是，国王爸爸，你为什么要拿西塔来做试验？"

"我也不愿意呀！"国王一手搭在风起的肩膀上，说，"可是，我们不一样王国的人类，去年大水死了一大半。重要的人类，都打了预防针，不能做试验……"

"西塔不重要？"

"也不是这么说。西塔不是住在科研岛，没有那么大的风险，才没有注射预防针。我决定用西塔做试验时，我对药物已经十拿九稳。我以为这次一定成功，把西塔救活。西塔的死，是谁都不想看到的……呜……呜……"

国王捂着脸，呜呜地哭起来，哭得一把鼻涕一把眼泪。哭着哭着，他被自己的眼泪鼻涕呛到，剧烈咳嗽。

风起看他咳得辛苦，拍拍他后背。

看样子，风起被他感动了，被他瞒骗了。

29. 把海阔晾在外面

我们一行人越过马背岭，来到东海岸。

国王急着要看瑜美公主，匆匆走向她的蒙古包。国王快步走时，身体平衡并不好，时不时会用一只手撑地，黑猩猩本性难移。

他另一只手拖着风起，两人一起进入蒙古包。

海阔被晾在外面。他感到尴尬，在蒙古包外踌躇，不知该不该掀帘入内。

两个王子，命运不相同。

海阔转身看见小孙，对小孙说："走，我们去看西塔。"

小孙跳开去，说："不要，里面臭臭！"

有点花跳过来挽着海阔："海阔王子，我陪你去。"

有点花小小年纪，却很会做人。

余妈妈从厨房那里走过来，责怪小孙说："西塔照顾你，看着你长大。她离开了，你也不去看她最后一眼。"

小孙背着手臂，撇嘴摇头："都死了，有什么好看？不看。"

余妈妈拿他没办法，走回厨房。

小孙跟在余妈妈后面："余妈妈，我想喝茶。"

"好吧。"余妈妈煮水沏茶。

余妈妈真是个好人。

我走到瑜美公主的蒙古包门口，蹲坐在那儿。守护风起，是我的责任。听他们说话，是我的乐趣。

国王在蒙古包里说："宝贝，对不起，爸爸最近比较忙，没有时间来陪你。"

瑜美公主说："爸爸，我知道你忙，不会怪你的。这里，有风起哥哥陪我，我不会寂寞。"

国王说："也是也是。可是这里条件太差了。你看，这个水池，太小了。唉！"

"爸爸，我身体不大，不需要太大的水池。"

"宝贝，我看了心疼啊。等爸爸有钱，要给你重建一个水池，就像以前一样，有地下通道，直接通往大海。"

"没关系，爸爸，我知道你赚钱不容易。"

"不容易，真的不容易。我刚刚告诉风起王子，就差一步。我又失败了，宝贝。我要是成功制成特效药，就有钱了。"

"你告诉风起哥哥了?"

"是的，我觉得没有什么好瞒他，我不是有意要害人。我以为这一次用西塔试验新药，一定没问题。我今天早上就打算来庆功的，我以为西塔今天一定会好起来，哪里知道……西塔死了……我也很伤心……"

"爸爸，别哭。我们都不会怪你。风起哥哥，你说是吗?"

"是。"风起回答。

国王又说："西塔死了，没有人照顾你们。我把米娜调回来，好不好?"

瑜美公主叫道："好哇! 我好想念米娜。"

风起略显意外："那小孙呢? 米娜走了，谁照顾小孙?"

"小孙不需要人家照顾。"

"小孙在科研岛过得好吗?"

"开心得很呢!"

"国王爸爸，我也想到科研岛去。"风起趁势说道。

"你? 不行，你还没有打过H4N13预防针，去那里太危险了。"

"我已经感染过H4N13病毒了，我现在有抗体，不怕H4N13。"

"你怎么可能染上病毒?"

"西塔传染给我了,我发烧三天三夜,现在好了。"

"真的?"

"真的。我已经有H4N13的免疫力。"

"是吗?那还得验血过后才能确定。改天,我帮你检验看看。"

"好。检验过后,我是不是可以住在科研岛了?"

"这个……"

瑜美公主插嘴:"你去科研岛了,那我呢?"

国王温柔地说:"宝贝,你不能去。你是女孩子,那里男人多……"

瑜美公主嚷道:"那谁来陪我呢?"

国王说:"是的。风起王子,瑜美公主这里也需要你。你的要求,我回去考虑考虑,让我想想看有没有两全其美的办法。"

风起无奈地说:"好吧。"

海阔不知什么时候闯进了蒙古包,他是从余妈妈的蒙古包进去的,他说:"国王,风起骗你的,他没有发烧。这几天我来,他都飞出去玩……"

"放肆!"国王骂道,"谁让你进来讲话的?风起说他发烧就一定是发烧,他不会骗我的,你别搬弄是非。"

"不公平!"海阔怒气冲冲地从蒙古包里跑出去。

　　"不像样！"国王说，"海阔就是这样，给他一点儿权力，他就自高自大。我回去要好好教导他。我也该走了。风起王子，你帮我好好照顾瑜美公主。她是我的心肝宝贝，你把她照顾好，就帮了我一个大忙。"

　　"风起哥哥，你听见没有？"瑜美公主骄傲地说。

　　"听见了。"风起乖乖回答。

　　"对了，西塔的尸体，你要怎样处置？"

　　"我想挖个坑把她埋了。"

　　"你？不如叫海阔帮忙吧，海阔力气大。"

　　"不不不，爸爸，还是让我来。我真心诚意想为西塔做一点儿事，以弥补我们对她的亏欠。"

　　"对对，我们欠她太多了。她为我们的医药研究做出伟大的牺牲，我要给她立个墓碑。你先好好安葬她，我把墓碑做好了再运过来给她立上。到时候，我还要在她墓前给她三个鞠躬，一个向她道歉，一个感谢她，还有一个……我要……纪念她。"

　　"谢谢国王爸爸，谢谢爸爸，谢谢爸爸。"风起感激地说。

　　他们父子的关系就这样恢复了。

　　国王真会耍手段。他知道不能和风起来硬的，就跟他来软的，把风起哄得服服帖帖。

　　国王走后，风起拿了一把铁锹飞上鸟头峰。白马紧接着也飞上去，我和有点花随后而来。

高峰上的泥土坚硬，沙石较多。风起使劲地掘，铿铿声不绝，掘了老半天，只掘出一个小窟窿。

有点花说："风起哥哥，这里的泥土太硬，然后，不好挖，不如我们换一个地方，然后，在那里试试看。"

"不行，"风起放下铁锹，挥去额头的汗水，气喘吁吁地说，"一定要在这里。这个地方高，希瓦来时，西塔看得见。"

说完，他又铿铿地掘土。也许，他得卖命挖坑，才能把他的悲伤埋葬起来。

30. 为她量身定做的

有点花看着风起挖坑，自己帮不上忙，蹲坐在地上想了一会儿，抬头说："风起王子，你在这里挖坑，然后，我带白马去把西塔驮上来，好不好？"

风起搁下铁锹，一手按住腰部，说："就这样把她埋葬吗？没有棺材吗？要是有一副棺材就好了。"

"棺材？"有点花一脸迷惑的样子，"棺材长什么样子？"

"岛上没有棺材。要不然找一个木箱子也行。也就是一个大的木盒子，只要能够把西塔的遗体放进去，盖起来就行，再不然就找一床草席，把西塔卷在里面。"

"为什么要这样啊？"

"这样子，我觉得，是尊重西塔的一个方式。"

“明白了。”有点花站起来，“我去找。”

白马走到有点花前面，屈膝跪下，让有点花攀上去。

有点花骑在白马上：“谢谢你，白马。我第一次骑马，你不要跑太快。”

白马没有跑，他飞。他高高跃起，然后拍着翅膀，带着有点花的尖叫声往山下飞去。

剩下我和风起在鸟头峰。

我踏入那个土坑，用我前脚锋利的虎爪刨土，抓出一大堆泥沙，再换一个姿势，用我的后腿往后踢，把泥沙踢出坑外。风起给我鼓掌：“蛋猫，你真行。”

我做得不够好，刨土刨得凹凸不平，又把泥沙踢得四处飞扬。

风起替我收拾残局。他把坑边修齐，把坑底铲平。“蛋猫，还不够深。”我再跳入坑里，加深土坑。我乱刨乱踩，又弄得乱糟糟。

风起再次美化土坑，整理坑边，铲平坑底。

我觉得风起的美化工作只是白费工夫。不管土坑修得多么整齐，最后还是得把土坑埋了，再也看不见土坑原本的面貌。

土坑挖好后，我们都累了，躺下来休息。

风起俯卧在土坑里，不知道他有什么感觉。我躺在土坑边睡着了。我是大老虎，在白天总是爱睡觉。

"棺材来了!"有点花的喊叫声把我们吵醒了。

白马的脖子上挂着一个绳套，后面拉着一个棺材，一步一步踏上斜坡来。

"风起王子，我们去找棺材，然后，白马找到这个。"

这个棺材长得奇怪，它是一块大木头，两头削尖，中间挖出一个长方形的洞。

"这不是棺材，"风起说，"这是一个独木舟，一个人工挖的独木舟。白马在哪里找到这个东西的?"

"在羊尾崖下面，搁在海边的树木间。"

"嗯。可能是发生大水时从别的地方冲过来的。独木舟是古代的东西，这个时代，谁还有耐心挖木头做独木舟?"

有点花问："会不会是有人想逃走，然后，偷偷挖了这个独木舟?"

"很有可能。也许，大水之前，不一样王国有人想逃走，偷偷挖了这个独木舟。没想到功亏一篑，大水把这个独木舟冲走了，漂到这里来。不过……就算有这个独木舟，也逃不远。茫茫大海，逃去哪里?"

我想起希瓦。独木舟也许不能让他逃离不一样王国，但是可以让他从科研岛划到豆蔻岛，那么，他就可以见到西塔了。

有点花问："这个独木舟，可以做棺材吗?"

"少了一个盖。"

"风起王子,我已经给它做了一个盖。"

"你做了?在哪里?"

"我在厨房做了一个棺材盖,然后,余妈妈正扛着上来。"

"你让余妈妈一个人扛着一个棺材盖?她在哪里?我去找她!"

下面传来声音:"不必找我,我就快到了。"

风起冲下去:"我来,我来。"

他和余妈妈抬着一个长方形的木板上来。

风起把木板盖在独木舟上,刚好吻合,没留下缝隙。

余妈妈说:"这是西塔的床板,有点花根据洞口大小锯出这个长方形,再用刀子把边缘修齐。"

"有点花,你的手工真好。"

"我有一双巧手。"有点花展示他人类的手指。

风起问:"余妈妈,为什么不把西塔先装进棺材里再抬上来?"

"我知道西塔很想飞,我们要让她飞上来。"

有点花跳到白马身上,说:"对,我们现在下去,然后,把西塔带上来。"

白马展开翅膀,驮着有点花飞下去。

"余妈妈,我也下去看。"风起一蹬脚也噗噗飞去。

余妈妈检视风起挖的土坑:"挖得真好。"

我点点头。我和风起一起挖的。

"看来，风起对西塔也很重视，才这么认真对待她的土坑。"

我这才明白，风起把土坑修整得那么完美，并不是白费工夫。他有他的用意，表达他对西塔的敬重。

不一会儿，白马又驮着有点花飞上来。有点花挎着一个小包，西塔呢？

风起背着西塔飞上来。风起把西塔的胳膊拉到胸前，让西塔的脸贴在他的肩膀上。

余妈妈把西塔扶下来，然后把她放入独木舟里。

西塔身上穿着干净的裙子，她打算在此长眠了。

西塔躺在独木舟里，空间刚刚好，就好像独木舟是为她量身定做的。余妈妈从袋子里摸出一条手帕，盖住西塔的鼻子和嘴巴。

有点花把木板盖上去，再从挎包里取出榔头和铁钉，把盖子钉紧。

他们三人小心翼翼地把独木舟搬入土坑里，风起在头部，余妈妈和有点花在尾部。

独木舟摆放好后，有点花低下头去看他手底下的部分，说："我的手在下面托着，然后，我好像摸到字了。"

我们都把头凑过去看。独木舟尾端，刻有字形：SIVA。

我和有点花都不识字，看不懂。

风起说："希瓦。希瓦造的独木舟。"

"啊？这么巧？"有点花张大嘴巴。

余妈妈啧啧称奇。我则是意料之中。

我们拨泥土，合力把独木舟埋了。剩余的泥土，我们堆成一个小坟墓。

西塔将永久地躺在这里。

31. 当作希瓦的怀抱

余妈妈站在坟墓前，说："可惜没有香烛。"

有点花从挎包里摸出一根蜡烛和一个打火机："这个行吗?"

余妈妈点了蜡烛，插在坟墓前。

她跪下来。我走过去，站在余妈妈后面，风起、有点花和白马也过来，和我排成一列。

我们屈膝跪下。风起和白马都能跪下，膝盖在前头。我和有点花是猫类，跪的姿态不像跪，只是趴伏。

我们没有哭，场面庄严，气氛肃穆。

余妈妈给西塔磕头，我们也跟着磕头。白马脸长，不能额头碰地。磕头的动作，我做得比他像样。

余妈妈合掌说："西塔，我不知道要用什么方式埋葬你，只能用我们自己的方式，希望你不介意。我们的方式虽然简单，但我们用心，用我们最真诚的心，风起的心，有点花的心，白马的心，蛋猫的心，还有我的心……"

是的，我们都特别用心。风起和我用心挖坑，白马用心找来独木舟，有点花用心做了一个木盖，余妈妈用心把木盖搬上来。

"西塔，这是我第一次爬上这个高峰。现在我才发觉，这里是最美的地方，看得最远看得最广。只有最美的人才适合躺在最美的地方，那个人，就是你了。如果有一天，希瓦坐船来找你，在这里，你是第一个看到他的人……"

余妈妈说到这里，忍不住哽咽。我想，如果灵魂能飞，西塔会飞去找希瓦。如果灵魂飞不过海洋，那西塔只能在这里守候。要是有一天，希瓦真的来了，西塔的灵魂看见了，又能怎样？

"西塔，希瓦还没有来，他做的独木舟先来了。你就把独木舟当作他给你做的木床吧。这张木床，让你躺在上面。你现在就躺在希瓦的床上，你觉得舒服吗？希瓦的床，抱着你，你就把它当作希瓦的怀抱吧。"

余妈妈的想象力丰富，把独木舟想象成能够抱人的木床。

"西塔，如果你看见希瓦来了，又不能跟他一起生活，那你要祝福他，庇佑他，让他在下半生，过着幸福快乐的日子，过着自由自在的日子……"

提到自由自在的日子，余妈妈又拭泪。或许她想起自己，自己的下半生也被困在这里，没有自由。

"西塔，你就在另外一个世界，静静地等他。有那么一天，一定会有那么一天，他也会离开这个世界，到另外一个世界去。那时候，你们又可以在一起了。他一定会去找你，因为你是他最爱的人。"

余妈妈的肩膀耸起，又徐徐放下。我想，她深深地吸了一口气。她又想起什么了？

"西塔，我也要感谢你。你在我这里，给我很多正能量。你的坚持，你的信念，你的乐观，你的梦想，都是我该学习的。我和你一样，被掳来这里，可是我不敢想象我还能回去。我恨不得我现在就死去。因为瑜美，我忍辱偷生，活了下来。瑜美是我生命的全部……"

我又想起生命的意义。西塔生命的意义是爱情，白马生命的意义是飞翔，我生命的意义是尊严，余妈妈生命的意义是女儿。

"西塔，你让我想起我的家人，让我重燃希望，有一天，我也要和家人见面……那一天不知道会不会来到，但我不会放弃希望。天快黑了，我不能留下来陪你了。西塔，你好好休息吧。"

余妈妈站起来，对大伙儿说："我们回去吧。"

有点花抱住风起，央求道："你带我飞回去，好不好？"

风起拒绝了，说："我们陪余妈妈走下山去。"

我们都走下去，留下白马。

白马不走，今晚他在这里陪伴西塔。

32. 人死了希望活了

风起和余妈妈并肩走下山。

风起小声问余妈妈："你老家还有什么人?"

余妈妈支支吾吾，回头瞥见有点花，对他说："有点花，你先回去，看看瑜美公主回来了吗？我怕她回家后找不到人。如果她口渴，你端水给她喝；如果她饿了，锅里还有玉米棒和红薯……"

"余妈妈，我知道了，然后，我会好好照顾瑜美公主。"有点花跑跑跳跳而去。

余妈妈支开有点花后，才对风起说："我的老家，有我丈夫，还有一个女儿。我女儿今年二十岁了。"

"是瑜美的姐姐?"

"是瑜美的姐姐……哎呀!"余妈妈不小心踏空,一个趔趄,差一点儿跌倒,幸亏被风起拉住。

风起搀着余妈妈:"余妈妈,你慢慢走。"

余妈妈叹道:"唉,都十年了。"

"来这里十年了?"

"是的,瑜美都十岁了。"

"瑜美知道她有一个姐姐吗?"

"她不知道,我没说。"

"为什么不说?"

"不敢说。瑜美跟国王太好,我怕她告诉国王。要是让国王知道我惦念着家人,他会怕我叛变,处处防着我,我的日子就更难过了。国王……嗯……很可怕。"

余妈妈扭头看风起。她批评国王,风起会不会告诉国王?要是国王知道了,恐怕会惩罚余妈妈。

"怎么可怕?余妈妈,我也想知道。你放心,我不会说出去的。"

"你没有看过国王的凶残,你不知道。叛变他的人,会被他捉去喂独角龙,让独角龙活活吞噬。"

风起当然记得那种滋味。他刚来时,也差点儿成了独角龙的食物。

"那么,十年前,为什么你会来到这里?"

"我在医院里被国王打了一针,昏迷过去,醒来后就在豆蔻岛上了。"

"国王是你的主治医生吗?"

"是的。"

"你生什么病?"

"我没有生病,我只是要生一个儿子。我跑到泰国一个小岛上,住在一所私人医院里,为了生一个儿子。"

"你的老家那里,没有医院给你生孩子吗?"

"我们被骗了。我的老家在狮子岛,那里人口密集,实行一胎政策。我生了一个女儿,丈夫还想要一个儿子。有人告诉我们,可以到泰国去生第二胎,那里有一所医院,专门干这种事。我们就被骗了……"

"医生能确保你们生下儿子?"

"那所医院,可以帮人做这些,当然,那是违法的。医生为了确保是儿子,得先选择我丈夫的Y精子……你知道?"

余妈妈提起精子,感到害羞。我听见精子,感到愤怒。我就是无蛋猫,我产生精子的器官,被国王摘除了。国王毁灭了我所有的精子,毁灭了我的后代。

风起说:"我知道,用Y精子和卵细胞在体外受精,然后把受精卵植入子宫内,就可以怀上男婴。"

风起年纪小小,连这种事情都懂!

"是的,国王不知动了什么手脚,我怀孕后,也觉得异常。以前我怀上大女儿时，感觉到女儿在踢我的肚子。而我怀上瑜美时，感觉到有东西在里面翻腾拍打，后来才知道是鱼的尾巴。"

"那不是鱼的尾巴，是儒艮的尾巴。"

"你怎么知道?"

"我听瑜美说的。"

"她怎么知道?"

"出手告诉她的。"

风起也知道出手? 出手是我的好朋友!

"出手? 她告诉瑜美?"余妈妈感到困扰，"出手什么时候告诉瑜美?"

"出手在黑米岛告诉瑜美。"

余妈妈点头："我知道了。瑜美跟我提过，她在黑米岛见过出手。你见过出手吗?"

"见过。"

风起也见过出手?

"在哪里见过?"

"在黑米岛见过。去年，在人类的世界也见过。"

风起真幸运，我好久没有见过出手了，不知道出手过得好不好。

"出手过得好不好?"余妈妈帮我问了。

"她过得很好，生了一只小海豚，和海豚丈夫过着简单又幸福的日子。"

简单又幸福！听起来多好哇！

"余妈妈……"

"嗯?"

"你刚才不是说去医院生一个儿子吗？怎么生了一个女儿?"

"国王才不管我的意愿。他要的是女儿，他要制造一个美人鱼呀！"

"瑜美是国王的亲生女儿?"

"当然不是！我又不是他的老婆。"余妈妈解释说，"我被国王绑架时，已经怀孕了。他在医院里，没有选择我丈夫的Y精子，而选择我丈夫的X精子。"

"可是，国王特别疼爱瑜美，会不会是他偷梁换柱，用他自己的精子来做试验?"

余妈妈厌恶地说："不可能！瑜美是我和我丈夫的女儿，与国王一点儿关系都没有。"

"余妈妈，你怎么确定是你丈夫的?"

"瑜美长得和我大女儿一模一样，好像是同一个模子印出来的。她也酷似我丈夫，一点儿都不像国王。你看小孙，他是国王的亲生儿子，长得是什么样子?"

"瑜美知道她不是国王的亲生女儿吗?"

"她不知道。要是她知道的话，一定很伤心。她太爱她爸爸了。"

"是的。她今天还要我答应她，无论她爸爸做什么事，都不可以找她爸爸报仇。"

"你们早上的谈话，我都听见了。你答应她，是哄骗她的，是吗？"

"我是真心的。我答应她，我会做到的。"

"唉！"余妈妈叹息。她似乎很失望。

"余妈妈，我也答应你，有一天，我当了国王，一定让你回家乡。我也会释放所有人类。"

余妈妈摇头："你有这种想法，你就当不了国王，国王不会把王位传给理念不同的人。国王虽然不喜欢海阔，可是海阔的想法越来越接近国王。"

风起说："海阔在模仿国王，因为他想当国王。海阔当国王也好，我劝他把人类都放了。"

"风起，你太天真了，海阔不会听你的。你要救人类，还是得靠你自己。"

"余妈妈……可是我……"风起很无奈，"我不知道我还能做什么！"

余妈妈揽着风起："风起，你别小看自己。你行的。如果你真心要救人类，就得等待机会。这种事情，要从长计议，急不来。一时冲动，反而会把事情搞砸了。"

"余妈妈，我要拯救人类，你会帮助我吗？"

"当然，我两肋插刀也要帮助你，我也是人类呀!"

"谢谢你，余妈妈。"

"我才要谢谢你呢，风起，我能不能够回老家，能不能够再见到我最亲爱的人，全都靠你了。"

我看眼前这两个人，已经联合成一条阵线了。

余妈妈一向是一个安分守己的人，被视为是懦弱的，什么事情都不敢反抗，受了委屈也不敢吭一声。她和西塔相处久了，被西塔的热血感染，她内心的希望终于被点燃了。

西塔的希望死了，余妈妈的希望活了。希望好像火把，能够传递下去。

33. 米娜脸上没笑容

国王并没有遵守诺言。他没有来祭拜西塔，也没有给西塔刻一个墓碑。或许他太忙碌，已经把自己说过的话忘了。但没有人怪他，也没有人期盼他会到西塔墓前祭拜。

我相信，西塔也不想再看到他的嘴脸。

说国王忘了所说的话，也不完全正确，至少，他还记得把米娜送来鸟兽岛。

米娜随着海阔和小孙过来，我和有点花去迎接他们。

海阔扛着一把枪，小孙还是一副猴样子，拎着空鸟笼。

米娜神情呆滞，提着一个菜篮。

海阔押送米娜来，还带枪！有这个必要吗？我觉得太离谱了。后来我才知道是一场误会，那把枪只是猎枪。他和小孙上岸后，丢下米娜和空鸟笼，就上山打猎去了。

米娜瘦了一圈，脸上没有笑容。她离开鸟兽岛时，哭哭啼啼的，万般不舍，现在能够归来，理应高兴才是，怎么还是哭丧着脸？

看米娜这副伤心的模样，我猜测，她一定是听到了坏消息。西塔死了，叫她如何高兴得起来？

有点花跳到米娜身上，在她耳边亲昵地说："米娜姐姐，我好想你呀！"

米娜这才稍微掀起嘴角。

有点花就是这么会讨人欢心。这次，他做得好。把一个人从忧郁中拉出来，也算是一项善举。

我从米娜手中接过菜篮，衔在嘴里，让米娜腾出手来，爬上山去。

我们攀上马背岭，有点花就大声喊叫："余妈妈！米娜回来了！米娜回来了！"

余妈妈从山下跌跌撞撞地奔上来，张开双手，一把将米娜搂进怀里。两人抱头痛哭。我想起西塔的死，一股哀伤从胸腔油然而生，化为一鼻子的酸楚。

她们哭了一阵，渐渐收声。余妈妈轻轻拍打米娜的背部，说："回来就好，回来就好。"

两人本是主仆关系，看起来却像久别重逢的慈母和游子。

米娜就像女儿一般，搀扶着余妈妈爬下山。两人经过西塔的住处，米娜放开手，停下脚步，径自走向蒙古包。她掀开门帘，把头探入内，问道："西塔的床板呢？"

有点花回答："我拿去做棺材盖了。"

"谁的棺材盖？"米娜诧异。

余妈妈欲言又止。

有点花唐突地说出："西塔姐姐死了。"

"西塔死了？"米娜愣怔着眼睛，"完了！"

"西塔死了。你不知道吗？"余妈妈问。

米娜哀叫一声，扑倒在余妈妈跟前。余妈妈蹲下来抱住她。米娜在余妈妈怀里低沉地呻吟几声，然后放声大哭。

余妈妈安抚她说："米娜，你不要太伤心。"

米娜梗着脖子嘶吼："是谁害死她的？是谁害死她的？"

余妈妈没有回答。她不知道怎么回答。如果问我，我也答不出。谁害死西塔的？病毒害死她的？试验害死她的？没人害她，纯属意外。

米娜转过头来，瞅着余妈妈。她一脸的眼泪，一鼻洞的鼻涕，带着漏风的嘘嘘声问道："是不是国王害死她的？"

她的眼睛，藏着爆满的仇恨。

余妈妈说："米娜，你不要激动，我会告诉你的。乖，先不哭，好吗？"

米娜重复问："是不是国王害死她的？"

"怎么说呢？其实，我也不是很清楚……"余妈妈嗫嚅着说。

"我说，我说，"有点花插嘴，"海阔王子给西塔打预防针，然后，西塔发高烧，然后，海阔王子又给西塔打针，然后，西塔死了。"

有点花用三个"然后"一口气把事情说完，说得太简单。

米娜对这个答案并不满意，又转头问余妈妈："是不是国王……"

余妈妈扭头对有点花说："有点花，你忘了你现在应该做什么吗？你不怕海阔王子发脾气吗？"

"对呀！我要去捉鸟。"有点花拎了空鸟笼，蹦跳离去。

余妈妈支开了有点花，才对米娜说："我一时很难说得清楚，我们也只是在猜测。你先冷静下来，晚上我再把详情告诉你好吗？"

"为什么要等到晚上？"

"晚上，风起回来了，我们一起跟你解释。有些事情，风起比我清楚。"

"余妈妈，你相信风起王子？他是国王的儿子啊！他当然站在国王那边，帮国王说话。"

"那倒未必。这些日子，风起王子也生过病，我照顾他，他跟我说了很多话，他的心思我很清楚。风起王子善

良，有正义感。他看见人类受到不公平的对待，想拯救人类。"

"真的吗?"米娜不信地反问。

"米娜，你要相信风起王子，他会帮助我们的。你不要太伤心，先在这里休息一会儿吧，我要做饭去了。"

米娜起身，说："不! 我来做饭。"

她不知从哪里来的精力，一跃而起。她从我口中夺过菜篮，往厨房快步走去。

余妈妈跟着去厨房帮忙。

我一直跟着她们，也怪别扭的。我走开去，在大石头上躺下来。

我迷迷糊糊，似睡非睡。辣椒炒蕨菜的味道，把我呛醒。我醒过来，听见山上有人喊："我赢了! 我赢了!"

说这话的人一定是海阔，这话是海阔的口头禅。

海阔在马背岭上，没有下来。

有点花蹦蹦跳跳地奔跑下来，问余妈妈："风起王子回来了没有?"

"没有。"余妈妈回答。

"然后，瑜美公主呢?"

"也没有。"余妈妈问，"有什么事吗?"

"海阔王子打到一头野鹿。"

余妈妈嗤之以鼻："那又怎样?"

"海阔王子打到一头野鹿，然后，想叫风起王子上去看。然后，如果瑜美公主回来了，他想把野鹿扛下来。"

"扛下来做什么?"

"给瑜美公主看哪。"

"有什么好看? 他们都不想看。"余妈妈不屑一顾。

"哦。"有点花讪讪地往回走。

"等一等!"余妈妈喊住有点花，"你别跟海阔王子说他们不想看，就说他们还没有回来，知道吗?"

"知道了。"有点花乖巧地点头。

几分钟后，我嗅到了血腥味。

有点花用三条腿走路，从马背岭辛辛苦苦地爬下来。

他的另一条腿，抱着一个沉重的东西。

有点花进入厨房，米娜大叫一声。

我终于看清楚了，有点花抱着的是一个鹿头。他踮起脚，把血淋淋的鹿头放在桌子上。

有点花说："海阔王子打到一头野鹿，然后，把鹿头给我们吃。"

米娜骂道："这个鹿头怎么吃? 快拿开，拿去丢掉!"

"嘘!"余妈妈说，"别太大声。这个鹿头，就摆在桌子上吧。"

米娜小声问："这个……怎么吃? 为什么不可以丢掉?"

"万一海阔王子知道你把鹿头丢掉，他会不高兴的。他就是要让风起王子看见，向风起王子炫耀他的本事。"

"是啊！"有点花告诉余妈妈，"海阔王子说，风起王子整天只顾玩乐，然后，正经事不会做。然后，科研岛的事要海阔王子管，然后，鸟兽岛的事也要他管……"

"哼！谁要他来管……"米娜似乎对海阔有意见。

"嘘！"余妈妈阻止米娜说下去，"海阔王子的确很能干，他能者多劳。风起王子帮忙照顾瑜美公主，也是在做事啊！"

有点花不明就里地说："瑜美公主都长大了，然后，还要人照顾？"

余妈妈责怪有点花："你不能这么说。公主就是公主，不是常人。公主就是需要别人照顾。"

我们听见踢踢踏踏的马蹄声，白马奔跑下来。

白马在米娜跟前停下来，专注地看着米娜。他的眼睛充满喜悦，后蹄禁不住踩着欢乐的节拍。

米娜放下手中的菜刀，搂着白马的脖子，抚摸白马的鬃毛，在白马耳边咕哝："白马，我完了。"

白马徐徐把头转过来，瞪着鹿头，哀鸣一声。

米娜松手，放开白马。

白马走到桌边，对着鹿头，眼泪涟涟。

这头野鹿是白马的朋友，还是白马不忍心看见杀戮？

白马不说话，他的心我摸不透。我是一只大老虎。

34. 深夜里秘密开会

　　余妈妈没有和米娜睡在一个蒙古包里，她让米娜睡在西塔那个蒙古包，睡在小孙那张空床上。

　　夜深了，大家都该睡觉的时候，米娜的蒙古包里却在开着一个秘密会议。我这只昼伏夜出的大老虎，一切都看在眼里。

　　他们什么时候相约，我并没听见。他们的一举一动，我非常清楚。他们也不怕我知道，我是一个哑巴，怎么会说出他们的秘密？

　　主导这个会议的人，相信是余妈妈。她约风起去米娜的蒙古包，要风起向米娜解释西塔的死因。

　　风起毫无隐瞒地说了，说海阔如何瞒骗他们，给西塔注射病毒，再给西塔注射特效药。特效药无效，西塔因而病逝。西塔是井本医生试验药物的牺牲者。

米娜开始时态度冷静，只是默默哭泣，也不多说话。也许，她对风起的信任是有所保留的。后来风起拿出西塔的情书，米娜才惊呼："真的？西塔写的情书？西塔死前把情书交给你保管？"

风起回答："她不只是要我保管，还要我把情书交给希瓦。"

"你要怎样交给希瓦？"

"西塔说，希瓦来鸟兽岛找她时，再把情书给希瓦看。"

"她还说，她叫你通知希瓦，让希瓦知道她在这里等他。你通知希瓦了吗？"风起问。

米娜反问："她什么事情都告诉你？"

余妈妈插嘴说："西塔信任风起王子，相信风起王子会帮助人类，才把事情告诉他。你有没有遇见希瓦？通知他了吗？"

米娜犹豫了半晌，才说："我在科研岛，那儿规定不准跟其他人类说话，否则就会被当成独角龙的食物。但我还是慢慢观察，终于找到希瓦，冒着生命危险跟他说了这句话。"

余妈妈："希瓦说什么了？"

"我哪里敢等他回话，我说完就马上离开了，片刻不敢多留。"

余妈妈失望地说："那你不知道希瓦会不会来?"

"如果希瓦有胆子，他可能会逃来。最近，国王派他去修理电瓶船。不过，我不相信他有这个胆子。"

余妈妈两眼放光："我对希瓦有信心! 等他修好电瓶船，他会乘船逃走的!"

"不可能。Aralumba盯着他，还有，他脚踝上还扣着电子脚镣。"

大家无语，只闻叹息声。

风起说："也有可能。希瓦是机械工程系学生，或许能解开电子脚镣的锁。Aralumba做事并不专心，常常走神。希瓦要逃过来是可能的。"

米娜哭起来："那又有什么用? 他来找西塔，西塔已经死了。"

"米娜，别哭。"风起说，"如果希瓦能逃走，能获得自由，我们应该为他高兴。如果希瓦来这里，你也可以跟希瓦离开，回你的家乡去。"

"风起王子，你愿意放我走?"

"当然，我恨不得你们人类都获得自由。"

"真的? 风起王子……"米娜激动得说不出话。

"不过，离开这里，可能会受到海盗的拦截。你们还得冒险，不一定能活着回家。"

"我不怕，冒险也要回去。可是，风起王子，你别骗我。你放我走，不怕国王惩罚你？"

"我就对他说，我没有发觉你们逃走。这是我的疏忽，国王要惩罚，就让他惩罚好了。"

米娜感动地说："谢谢你，风起王子……"

"别谢我，你还没有逃走呢。"风起顿一顿，又说，"余妈妈，如果你想离开，也可以跟希瓦一起。"

"我？到时再说吧，现在八字都没一撇呢。"

风起说："现在这个时候，正是希瓦逃走的最佳时机。科研岛受到大水破坏，守卫势力大大削弱。国王还没有研制出新药，没有收入。要是国王成功卖药，有钱了，加强国防，希瓦想逃走就不容易了。"

"风起，国王没有研制出新药，是不是和任教授有关？"

"是的。我听说，去年任教授在，新药已经出炉。正要大量制造的时候，一场大水把所有东西都冲走了，任教授也死了。现在要重新制药，少了任教授……"

"风起王子，风起王子……"米娜打断风起的话。

余妈妈责怪她："米娜，听风起王子说完。"

"我怕我忘了！"米娜又争着说，"风起王子，我发现一个秘密……"

米娜发现了什么秘密？我侧耳倾听。

35. 余妈妈放心不下

米娜压低了音量，但是鼻子洞的嘘嘘声未减。

我扭转耳朵仔细听，能听见她说话。老虎的听力就是好。

"我发现一个秘密，也不知道算不算秘密。我只是听见两句话……"

余妈妈等得不耐烦了，插嘴问道："什么秘密？快说!"

"任教授好像还活着。"

对了！米娜！对了！你说对了!

"怎么可能？"风起激动地问，"米娜，你有没有听错？"

"任教授已经死很久了。"余妈妈也说。

是啊！任教授被关进鸟屋里，已经很久了。

他还能够撑到今天，留住一条活命，真不容易呀！

米娜弱弱地说："我听见国王和海阔王子说话，他们提到任教授了。"

"他们说什么？"风起紧接着问道。

余妈妈说："米娜，你就把他们说过的那两句话，原原本本地告诉我们，不要省略，也不要添油加醋。"

"嗯……"米娜沉吟一阵，说，"海阔王子说……任教授不肯合作，会不会是因为鸟屋的环境太差？……国王听了说，人家都以为他死了，不可能让他回来了。"

"然后呢？"余妈妈急于知道真相。

"然后他们发现我在附近，就不说了。"

风起琢磨着那句话："鸟屋的环境太差？会不会是……任教授……"

余妈妈问："任教授很关心鸟类？"

"我猜想……"米娜说，"他们把任教授关在鸟屋里。"

余妈妈问："鸟屋有多大呀？能把任教授关进去？"

"鸟屋又高又大，木头建的，没有窗户，只有一个木门。"米娜说。

谁说鸟屋没有窗户？没有窗户会把鸟类闷死。米娜没看清楚，屋檐下有一整列的气窗。

"以前的鸟屋有一大片玻璃窗……"风起说，"现在这个，应该是重建的。它在哪里？以前的地方吗？"

不一样王国重建后，风起没有去过科研岛，不知道新建的鸟屋在哪里。

米娜说："鸟屋在科研岛的西海岸。"

"你们呢？在科研岛的时候，你们住在哪里？"

"我们都住在科研岛的东海岸，科研所在那边，码头也在那边。"

"国王、海阔、小孙等也都住在东海岸？"

"是。西海岸就只有鸟屋，没有人住在那里。我们和鸟屋之间，还隔了一大片山林。"

"那好，我现在就飞过去看看。"风起说。

"看什么？"余妈妈问。

"看看任教授是不是关在鸟屋里。"

余妈妈问："你不怕被发觉？"

"我在大海上绕一个圈，绕到岛的西边去，应该不会被发觉。"

米娜悲观地说："风起王子，你还是别去的好。你去科研岛，逃不过国王的眼睛的，若被国王发觉，你就完了。"

"我不怕。听说监测系统已经被大水破坏，他看不见我的。"

"你去，要小心，万一势头不对，马上回来。"余妈妈说。

"余妈妈，你放心，我会小心的。"风起说着走出蒙古包。

他爬到马背岭，拍一拍翅膀，纵身飞上天空。他没有在大石头上起飞，大概怕被瑜美公主看见。

余妈妈双手合十："上天保佑他。"

米娜说："风起王子真是好人，我以前误会了他。可是，好人不长命。他这次去，完蛋了。"

"妈妈！妈妈！"

瑜美公主在她的蒙古包里喊叫。

"什么事?"余妈妈奔过去。

我也悄悄走过去，听听她们说什么。我已经窃听成瘾，这是不好的习惯。其实，我只是想了解事情的发展。

我走过去时，觉得后面好像有影子一晃，回过头来，又没有看见什么东西。我是一只大老虎，身体也有缺点，就是脖子太短，回头比较慢。

我走到蒙古包外面，听见瑜美公主说："我醒过来，没看见你，听见你在说话。这么晚了，你去哪里了? 跟谁说话?"

瑜美公主脾气大，对妈妈并不客气。

"我在米娜的蒙古包里，跟米娜说话。"

"这么晚了，有那么多话要说吗?"

"米娜今天刚回来，我们那么久没有见面，当然有很多话要说。"

"说些什么?"瑜美公主追问到底。

"说不一样王国的事,也没什么重要的事。"

"不一样王国有什么事?"

"我们只是担心,万一人类发现不一样王国,人类来攻打我们,我们就必须离开这里了。"

余妈妈这句话是瞎编的,他们刚才并没有谈这些。

瑜美公主嗤之以鼻:"你们怕人类,我才不怕。我在大海里,他们找不到我。"

"瑜美,要是我离开这里,我最放心不下的就是你。"

"我可以跟着你们走哇。你们坐船去哪里,我就跟去哪里。"

"瑜美,如果到了那个地步,我们可能不能住在一起。米娜要回米娜的老家,我也要回我的老家……"

"妈,我跟你回老家!"

"我老家在山上,离海边很远。"

"你可以住在海边哪!"

"瑜美,海边的土地,是别人的,不是我要住就能住的。再说,海边的沙滩,人潮拥挤,万一你被人发现……"

瑜美哭闹说:"妈!你不要说了!我不要听!"

余妈妈说:"瑜美,你要面对现实,这种事情可能会发生。"

"面对现实?我怎么面对?你把我丢在大海里,我在大海里一个能说话的朋友都没有。你们让我孤孤单单一个人，我会死掉的。"

余妈妈叹说："唉，以前还有明快，可惜，明快死了。"

"明快活着也没用。如果大海里只有明快，我宁愿死掉。"

余妈妈说："唉，所以说，我放不下你。大海里，真的没有一个人能够和你说话了。茫茫大海中，只有你一个不完全人类，你爸爸造孽呀！"

"还有一个，出手！"

对，出手，我的朋友。

"出手？对了。我把她忘了。可惜，她已经离开了。"

"她没有离开这里，偶尔我还会遇见她。"

出手没有离开这里？太好了！我多年没有见过她了。

"出手现在怎么样了？她过得好吗？"

"我没有跟她说话，她是叛徒！"

不！出手不是叛徒！

余妈妈说："出手不是叛徒。如果出手真的是叛徒，我们不一样王国早就灭亡了。出手……"

我看见一个影子在蒙古包另一边的晃动。

我起身，走过去看看。

那个影子蹿上香樟树。

哼！

36. 等待风起飞回来

米娜跪在大石头上。夜凉如水，海风呼呼地吹。她缩手缩脚，头发飘扬，仰望着天空。

也许，她在等风起回来。也许，她在祈祷。

我在沙滩上，忐忑不安。我担心风起被国王发现，只盼望他安全归来。

米娜霍然站起。

我听见远方翅膀噗噗响，往天空望去，望见一个白点。

白点盘旋而下，逐渐变大，果然是风起。

风起张开翅膀，在大石头上降落。他双脚点地后才收起翅膀，姿势优雅。

"看见任教授了吗?"米娜轻声问。

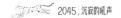

"嘘——"风起怕吵醒别人，推着米娜，用手指米娜的蒙古包。

他们两人蹑手蹑脚地往蒙古包走去。

我仍然不动声色，稍后再过去。

一个黑影，迅速地晃过，像一阵风，先他们一步，飘入米娜的蒙古包里。风起和米娜并没有发觉。人类的眼睛，在黑暗中就半盲了。

他们进入蒙古包之后，我才步行前去。老虎走路，特别好看，后腿的脚步，总是踏着前腿的印迹。

我听见风起说："……我从气窗望进去，里面黑黢黢，我看不清楚……"

早就说了，人类的眼力就是不行。

"……我想钻进去，可是挤不过去。气窗太小了，我的头挤得过，身体过不了。我的翅膀太大了。"

"我就知道，你去也没用的。"

"你听我说，我飞上去，看见屋顶上有亮光，是玻璃的反光，原来屋顶上嵌着一块大玻璃。我伏在玻璃上面看，也没看见什么，鸟屋里太黑了。"

"所以？我叫你别去了。"

"你别插嘴。我听见一个叫声，叫声沙哑，喊着我的名字……"

"任教授看见你了？"

"是。他在黑暗中一喊，几只鸟被吵醒了，叫了几声……"

"完了，完了，把鸟吵醒了……"

"……几只鸟叫几声，任教授又喊'风起！我是任教授！你快来救我！'。他喊得很大声，把很多鸟都吵醒了，全部鸟都叫了起来，我再也听不清楚任教授说什么……"

"完了，完了。国王发现，你就完了。"

"这时我看见鸟屋旁边一棵大树的树枝在晃动，一条大蛇从树干上滑下来，是独角龙。"

"独角龙发现你了。风起王子，你完了。"

"独角龙爬向鸟屋。我等他的头被屋檐挡住时，赶快飞走。"

风起说完，喘了一口气。对于他来说，说这么长的故事是很累的。

"任教授还没有死，你又救不了他。你打草惊蛇，让独角龙发觉了。风起王子，要是国王知道，你就完了。"

"我不怕。我想和余妈妈商量，想办法救任教授。"

"余妈妈睡着了。"

"那么我们明天再谈吧。我要回去睡觉了，晚安。"

风起要走了。不行，我想起另一件事，刚才那个影子。他躲在里面偷听，万一他把秘密泄露出去，风起就麻烦了。

我走进蒙古包，挡住风起的出路。

"蛋猫，什么事?"

我扭头观察。他藏在哪里?

米娜问:"蛋猫，你找什么?"

废话! 我能回答你吗?

可能藏在床底下。我拱开床罩，一个影子跳出来。

我伸出前腿一挡，顺势把他摁在地上。

"哎哟! 救命啊!"

我早就知道是有点花。他和我一样，是猫科动物，耳朵灵敏，听得见他们说话。可是他比我过分，我在外面顺其自然地听，他竟跑进来窃听。

"有点花，你躲在这里干什么?"风起一脸惊异。

"我……我只是……想进来……听你们说话。"有点花诚实地说。

"蛋猫，放开他。"风起命令道。

我举起前腿，他赶快溜走，反身一跃，跳上床去。他没有怨恨我，嘴巴甜甜地说:"蛋猫，谢谢你。"

"你刚才听见什么了?"米娜问。

有点花伏在床上说:"我听见米娜姐姐说任教授还没有死，在鸟屋里。然后，风起王子要去鸟屋看看。然后，风起王子飞回来。然后，风起王子看不见任教授，然后，任教授看见风起王子……"

米娜喊："你什么都听见了。完了。"

"我什么都听见了。然后，这样重要的事情，你们让我听见，我很感恩。然后，我知道这些事情，更了解不一样王国了。谢谢你们。"

有点花真会扭转乾坤，人家质问他窃听的事，他却向人家道谢感恩。

风起问："你怎么就更了解不一样王国了？"

"你们让我了解不一样王国里，谁是好人，然后，谁是坏人。"

风起追问道："那你说，谁是好人，谁是坏人？"

有点花对我们一笑，瞅着我们一个一个说："风起王子，然后，米娜姐姐，然后，蛋猫哥哥都是好人。"

米娜问："谁又是坏人？"

"国王是坏人……"

风起王子瞪着他，吓唬他："国王是我爸爸，你说国王是坏人，你不怕我告诉国王？你不怕国王杀了你？"

有点花淡定地说："我不怕。风起王子，你对我那么好，然后，你不会说给国王听的。然后，风起王子，我信任你。"

"你说国王是坏人，他怎么个坏法？"风起王子又问。

"国王很坏，他欺负人类。然后，他和海盗合作，然后，把希瓦哥哥和西塔姐姐捉来，然后，又把希瓦哥哥和西塔姐姐分开，然后，把他们当奴隶，然后，让他们住在两个岛，不让他们见面……"

有点花怎么知道这些？难道我和西塔的对话也被他偷听了？

米娜插嘴："你怎么知道这些的？"

"西塔姐姐告诉我的。很久以前，我和西塔姐姐很好，然后，她就告诉我了。"

有点花守得住秘密，知道这么多，也没有说出来。

他继续说："……然后，国王还拿西塔姐姐来试药。然后，国王失败了。国王失败了，他没有受到惩罚。然后，西塔受到惩罚，然后，西塔白白死了……"

米娜听到这里，又捂脸哭起来。

"好了好了，不用再讲了……"风起阻止有点花说下去，"你今天听见我们的谈话，会不会告诉别人？"

"不会不会。这是我们的秘密，然后，我不会泄露出去。"

有点花就是会说话，他不说"这是你们的秘密"，而说"这是我们的秘密"，让人家把他当作自己人。

米娜板起面孔说："你要小心。我看你常常说话不经过大脑，有什么说什么。万一你嘴巴关不紧，会害死我们。风起王子，为了我们的安全，不如我们杀人灭口……"

有点花跳到米娜身上，搂着米娜撒娇说："米娜姐姐，你不要这么吓我。你这么吓我，然后，我会害怕的。"

米娜抚摸着有点花说："好啦，好啦。别再闹了，该睡觉了。"

"你们睡觉吧。晚安。"风起挥挥手，走出蒙古包。

有点花跳下来，追着风起："风起王子，我跟你回去，然后，我有话跟你说……"

米娜喊道："有点花，你回来，别去打扰风起王子。"

有点花回头说："米娜姐姐，我只是跟他说两句，然后，我就回来，然后，你等我。"

他说完，蹦蹦跳跳地先冲入风起王子的蒙古包，在里面等待风起王子。

有点花说什么，我也不想听了。整天听别人说话，听久了也累，耳朵都快麻痹了。我把耳朵转向另一个方向。

37. 海阔以为他赢了

这一天，白马叫了三声，我和有点花去码头接海阔。

海阔独自坐汽船来，把空鸟笼递给有点花。

有点花不必等海阔开口，已经知道海阔要问什么。他告诉海阔："今天，瑜美公主在家，然后，我可以自己去捉鸟。"

海阔大喜，在有点花背上捇一掌，赞道："有点花，你太棒了！"

他兴冲冲赶去找瑜美公主，却看见风起拿着铁锹在挖水沟。他没有多看风起一眼，只管钻进瑜美公主的蒙古包。他问瑜美公主："你叫风起挖水沟的吗？"

瑜美公主回答说："我叫风起哥哥帮忙把水沟挖深。水沟太浅了，我进出不方便。"

海阔听了，哈哈哈大笑三声，说："他帮得上忙？我还以为他在外面玩泥沙呢。"

海阔走出蒙古包，叫风起让开。风起把铁锹交给他，他把铁锹撂在地上："我不需要这个。"

海阔跳入水沟，徒手挖泥沙。

瑜美公主倚在水池边，看他工作。

瑜美公主一双欣赏的眼睛，是海阔的动力。他把水沟两端用石头堵住，自己在沟里挖掘，花样多多，时而翻滚，时而腾跃，时而啊啊大叫。

瑜美公主时不时给海阔指令。

"海阔哥哥，再深一点儿。"

"海阔哥哥，再宽一点儿。"

她的嗓子温柔好听，海阔唯命是从，把水沟挖得又深又阔。

瑜美公主满意了，海阔才搬开石头，让海水哗啦啦涌进来。

海水冲入水池，瑜美公主从水里跃起，喊道："海阔哥哥，你好厉害！"

海阔眉飞色舞，举起两个拳头，对着风起大喊："我赢了！我赢了！"

风起坐在大石头上苦笑。我想，风起没有想过要和海阔比赛。

得到瑜美公主的赞美，海阔手舞足蹈地离开了。

晚上，我才明白瑜美的用意。其实，瑜美公主拓宽水沟，是为了迎接一个稀客。

月亮出来，海水高涨时，这个稀客随着瑜美公主游入蒙古包。

我并没有发觉客人来临，以为水深了，哗啦啦水声自然增大，直至我听见她那偏高而扁平的嗓子，我才高兴得跳起来。

以前看见白马高兴时，马蹄踢踏踢踏地响，我还以为白马动作太夸张。现在我才知道，不是白马夸张，是我还没有达到那个境界。

今晚我听见那个熟悉的声音，四条腿根本静不下来。我久违的朋友来了！她就是出手！出手来了！

我想听听出手说了什么，却只听到余妈妈在说话。余妈妈叙说不一样王国的故事。这几年来，不一样王国发生的事情一箩筐，说也说不完。而出手说她自己，只以"生活简单且快乐"一句话概括过去。

谈了一晚，出手说她得回大海去了，不然丈夫会等得心焦。余妈妈掀开门帘，目送出手离去。

我几年没有看见出手了，特地走近水沟等待。

出手从水沟里蹿出来，张开双手对我喊道："蛋猫！"

　　她坠入水沟时，溅起一大朵水花，海水浇湿我的头。她再从水沟里伸出尖尖的嘴巴跟我说："对不起，我太兴奋了。"

　　我明白，她也是高兴得跳了起来。我对她笑，无声地笑。

　　她问我："蛋猫，你过得好不好？"

　　我该怎么回答她？她听过我说话，知道我会说话，可是，别人都以为我不会说话。余妈妈还站在门边看着我呢。

　　有点花忽然跑过来，问我："蛋猫哥哥，我听见有人说话，然后，谁在说话？"

　　出手在黑暗中潜水而去。

　　我是哑巴，我能回答有点花吗？

　　有点花奔向余妈妈，问道："余妈妈，你听见了吗？然后，谁跟蛋猫哥哥说话?"

"还有谁? 我呀!"余妈妈回答,"我跟蛋猫说话。"

"余妈妈,那不像你的声音。"

"那是我的声音吧?"瑜美公主从水池里冒出来。

有点花说:"怎么可能? 瑜美公主,你的嗓子那么甜美,然后,那个声音,听起来很可怕。"

余妈妈笑着说:"那你可能听见鬼的声音了。"

有点花纵身跳上余妈妈的身体,紧紧搂住她,说:"余妈妈,你别吓我,然后,我怕,我怕鬼。"

"别怕,别怕。"余妈妈抱着有点花走入蒙古包。

我攀上大石头。海浪如呼吸般来来去去,一下一下打在石头边。我眺望大海,大海乌黑。我看不见出手,出手已经离开。她去找她的丈夫,她的丈夫是一只雄海豚。

出手有一双修长的手,可以抱住她的丈夫;她的丈夫没有手,不能抱住她。出手会说话,可以对着她丈夫说话;她丈夫不会说话,也听不懂她说什么。出手会为她丈夫担忧,她的丈夫会为她担忧吗?

我蹲坐在大石头上,想了很多,想的都是出手的事。出手的事我什么都不知道,应该是一片空白,可是我却能想象很多很多。我喜欢想象,只是为了在这一片空白中涂上色彩。

空白一直保持空白,会让我心里太难受。

38. 你生命的意义呢

星星洒满天空，我蹲坐在大石头上发呆。

潮水哗啦啦涨起来，又哗啦啦退下去。

大石头底下，海水黑暗处，有一个小小的声音问我："蛋猫，你在想什么?"

我趴在石头上，把头低下去。我明亮的眼睛，看见出手。出手一双手，抱住我坐的那块大石头。

出手等待我回答。

我想说：出手，我想念你了。

我说不出口。我怕别人听见。我不能让别人知道我会说话。我吧嗒吧嗒嘴，要说的那句话卡在喉间，吐不出来。

"你怕别人听见你说话?"

我点点头。

出手沉下水去，游向沙滩的另一个角落，那里拴着瑜美公主的圆圆船。出手解开船绳，把圆圆船推到大石头旁边，对我说："来，跳下来。"

要跳下去吗？

这样合适吗？这是瑜美公主的船哪！大水前，瑜美公主把它当玩具。大水时，瑜美公主用它救了我一命。大水过后，有风起陪伴，瑜美公主就把圆圆船搁在角落了。

"快，跳下来！"出手催促。

我跳下去，船猛然一晃。我低下身子，伏在船的外环上。我250千克的身子让圆圆船向一边倾斜。

出手在我旁边说："你钻进船舱里吧。"

船舱是球形的，有一个透明盖子。我用鼻子把盖子揭开，钻进船舱里面。里面虽然局促，我蜷缩起身体，还算舒服。我在船舱里头，外环就能保持平衡。

出手推着圆圆船。圆圆船往大海方向移动，停在一个远离沙滩的地方。

"现在可以说话了吧？"出手在船的另一边露出头来。

我清清喉咙，说话了："出手，很高兴见到你。"

我的声音还是那么难听，我自己听了每一根虎毛都竖了起来。太久没有听见自己的声音，觉得自己的声音很陌生，好像不是我的，好像是另一个人的，而那个人着实令人讨厌。这个声音很讨厌。

出手问我："蛋猫，你还好吧?"

"我过得还好，你呢?"

"我也很好，日子简单且快乐。"

又是这句话，我听过了。她对我这么说，对余妈妈也这么说。

我想到这只圆圆船，就说："出手，你偷走瑜美公主的圆圆船，不好吧?"

"蛋猫，我不是偷，只是借用。瑜美公主现在正在睡觉，即使她醒来，相信她也不会介意。这只船，不叫圆圆船，叫土星船，是风起王子制造的。"

没错。去年风起在人类世界时，传过照片来，照片中就有这种圆圆船。后来，海盗找到一只同款的圆圆船，送来不一样王国。瑜美公主喜欢，国王就把它送给瑜美公主。

"你怎么知道?"

"我当然知道，我到人类世界去，找到风起王子，他送我一只土星船。我想带来给瑜美公主看，半途被海盗抢了去。还好，最后它还是落在瑜美公主手中。"

"出手，你真了不起，世界那么大，你也找得到风起王子。"

出手把她的经历娓娓道来。她的嗓子偏高，也不好听，但我习惯了，喜欢听她对我说话。她说完后，问我:

"你是不是还在他们面前装哑巴？"

"是的。我在他们面前都不说话，我只对你说话。"我想一想，又觉得不对，于是我加一句，"还有，我也对西塔说话。"

"西塔死了。我听余妈妈说了。她真可怜。"

"西塔和你一样，她生命的意义，就是爱情。她的生命结束了，爱情还没有结束。"

西塔的情书，还在等待着希瓦。爱情还在。

"蛋猫，你呢？你生命的意义呢？你活着，就为了保护国王？"

余妈妈没有告诉她，我已经换了主子。

"出手，我现在的主子不是国王。我的主子是风起王子。"

"风起王子？我喜欢他。"出手摇摆着身体，土星船也跟着摇动，"他长得好看，帅！可是，无论风起王子多么好，你也不能够只做他的影子啊！你要为自己而活，你的生命有什么意义呢？"

"我的生命的意义就是威严……"

这一晚，我和出手探讨生命的意义。她认为威严不适合作为生命的意义。我们互不相让，激烈地辩论，到最后，她还不服输，我也不放弃。我不能放弃，我一放弃生命就没有意义了。

尽管我们意见不同，我们还是谈得很愉快。

天空泛出鱼肚白，出手才把土星船推回沙滩边。我爬出船舱，跳上大石头。她把土星船拴回原位，对我挥手道别。

我们的争论没有结果，这样，我们下一次见面还可以继续下去。我们期待着下一次争论。我希望下一次争论，还是没有结果。没有结果就是最好的结果。

我目送出手远去。她游开后，每隔一百米左右，就会蹿出水面一次，对我挥挥手。她真可爱。

39. 我没有任何企图

出手走后，我感到一阵失落，生活好像少了什么。心中总是郁闷难受，胸口如有一块石头，要吐又吐不出来。

我一再反省，发现我失去的是我和出手之间的争论。原来和出手谈话，心里是那么舒畅，那种你来我往的双向交流，远比我一只大老虎听别人说话爽快得多。

前些日子，我就只听别人说话，听久了，没人理我听不听，只知道我不会说出去，也不管我是不是在旁边，把我当作透明的。我渐渐把听人说话当作天经地义的事，别人没有邀请我听，我也刻意去窃听。

我反复思考，觉得自己窃听别人说话是不应该的。我已经窃听成癖。有威严的大老虎做这种事，不符合身份。

我要改正这个癖好。别人说话，我听得见就听，听不见就算了，顺其自然，不要特地凑过去。

这几天风起和余妈妈说什么话，我就不清楚了。我不去听，甚至刻意把耳朵转开，听听海浪声。没听见，就错失故事的发展。今天晚上，我看见风起举动怪异。我不了解他在做什么。

风起和瑜美公主从海上回来，吃了晚餐，两人又在大石头那边聊天。他们说什么，我都没有听见，我把耳朵朝向山林。偶尔听见瑜美公主的咻咻笑声，知道是风起把她逗乐了。

夜凉风大，风起和瑜美公主都各自回家去。瑜美公主回蒙古包里，和余妈妈说话。她们说些什么，我也没去听。

风起走到自己的蒙古包外面，有点花就从香樟树上跳下来，鬼鬼祟祟地跟着进去。他们在里面说什么，我也不知道。有点花时不时出来，探头探脑的，也不知道在张望什么。

瑜美公主的蒙古包熄了灯，余妈妈走出来，去叫风起。她对风起竖起拇指，也不知是什么意思。

风起会意，和有点花出来。他们没有和余妈妈说话，径自爬上马背岭。我望向马背岭，看见风起飞了起来，背后驮着一只小豹子。

风起驮着有点花要飞去哪里？

他们是有计划的。整个计划我都不清楚，我像是一个局外人，与他们没什么关系。

我们是一家人哪，他们怎么可以撇开我，不让我知道？

不是他们不让我知道，是我没去了解他们，没去听他们说话，没去关心他们。我想，我应该把观念改一改，我不是去窃听，而是去关心。窃听是有企图的，我没有任何企图，纯粹是一番善意。

余妈妈进入米娜的房间。我走过去关心。

米娜问："他们走了？""飞走了。"

"我担心死了。有点花那么小，能办得了这种事吗？"

"你别小看有点花，他机灵得很。"

"我对有点花没有信心，不相信他会成功。我劝他们别去，他们不听。这次去，我看……完了。"

"米娜，乐观一点儿，往好的方面想。"

看来，风起和有点花一定是去了科研岛。

他们要有点花办什么事呢？

余妈妈说："我们一起祈祷吧。"

"可是你的神和我的神不一样。""不一样没有关系，你求你的神，我求我的神。谁的神灵验，就谁的神救他们，结果都是一样的。"她们都在里面默默祈祷。

我也祈祷吧。我的神是什么神？我也不知道。

老虎神哪老虎神，救救他们吧！

40. 整晚听见噗噗声

寂静的夜晚，白马的一声嘶鸣划破天空。

我抬头仰望，看见白马飞上天空迎接风起回来。

余妈妈和米娜悄悄出来，伸长脖子张望。

白马随着风起和有点花降落在马背岭，然后一起爬下斜坡，来到米娜的蒙古包前面。

风起附在白马耳边说："记得不要再出声。"

白马摇摇尾巴，在蒙古包外面直立。

我走过去，躺在白马身边，一起听人说话，一起关心关心。

余妈妈急着问："任教授呢?"

"没有把他救出来。"风起怅然说。

"失败，失败！"米娜把预备好的话说了出来，"我就知道不可能的……"

"可能的，下次我再去，然后，一定把任教授救出来。"有点花充满信心。

原来他们的任务是把任教授救出来。

白马听见任教授没有死，移动几步，把耳朵贴在蒙古包上聆听。

米娜自作聪明地说："我知道，有点花钻不进那个气窗，对不对？"

有点花回答："才不是呢。风起把我放在屋顶，然后，我爬到屋檐下，然后，我爬进气窗，轻轻松松。"

米娜又猜测："我知道，你把鸟吵醒了。"

"也没有。我悄悄进去，鸟都在睡觉。然后，我和任教授说话，然后，鸟轻轻叫了几声。"

米娜抢着说："你们一定是被独角龙发现了。"

风起回答："没有。我在屋顶看着独角龙，他一动也不动，好像睡着了。"

余妈妈好奇地问："既然那么顺利，那你们为什么没有把任教授救出来？"

有点花皱起眉头："我找到任教授，然后，任教授被锁在一个铁笼里，然后，我打不开，没有办法把他救出来。"

余妈妈惊呼："被锁在铁笼里？"

米娜骂道："可恶!"白马气得后腿猛踢。

我用虎掌拍拍他的后腿，要他停下来，免得他吵醒瑜美公主。

有点花继续说："然后，任教授告诉我，不必救他出来。然后，他叫我放一把火，把整栋鸟屋烧了。"

米娜问："他想自杀?"

"他说，他要和那几百只鸟……同归于尽!"

"为什么?"余妈妈问。

"他说，那几百只鸟都染有那个……H什么病毒?"

风起补充说明："H4N13。"

"对了。那个病毒可以鸟传鸟。鸟传给鸟，鸟不会死。然后，鸟传给人，人就会死。然后，这几百只鸟放出去，世界上千千万万只鸟都会染上病毒，然后，千千万万个人也会染上病毒，然后，千千万万个人都会死去。"

余妈妈愤然问："国王这么狠毒? 要害死那么多人?"

有点花解释："任教授说，国王要的是钱。国王要把病鸟放出去，然后，千千万万个人染上病毒，然后，他们生病了，然后，他们要买药。然后，国王有特效药。然后，国王卖出很多特效药。然后，国王会赚很多钱。"

"那么，没钱买药的人怎么办? 没钱买药就被他害死?"米娜骂道，"毒! 他太狠毒了!"

白马怒不可遏地踢脚。我按住他的腿，他才停下来。

我感觉到他停下来后，腿仍在颤抖。

余妈妈提出疑问："他的特效药还没有制造出来，卖什么药？"

有点花有答案："所以，国王先制造特效药，然后，才把病鸟放出来。任教授说，他不教国王制造特效药，然后，特效药不成功，然后，国王就不会放病鸟。"

米娜不客气地问："风起王子，国王养病鸟，你也晓得。难道国王的阴谋你早就知道？"

风起澄清说："米娜，你误会了。当初国王养病鸟，只是为了研究。我以为他为了救人，没想到他要害人。我也是今天才知道他的毒计。"

有点花帮腔说："任教授说出来，然后，我们才知道。任教授说，如果为了救人，作为研究用途，养几只病鸟也够了。然后，国王养了几百只，分明要害人。"

余妈妈得到一个结论："所以，国王把任教授关起来，因为他发现了这个秘密？"

"对！"有点花打了一个响指，说，"任教授发现了秘密，然后，不肯跟国王合作，不教国王制作特效药。然后，国王生气了，把任教授关起来。"

风起语气坚定地说："我一定要把任教授救出来。"

"任教授说，他一条命不要紧，重要的是要把病鸟烧死。如果赔上他一条命，可以救千千万万条命，他就觉得值了。"

"任教授真伟大!"余妈妈不禁感叹。

"西塔最不值得,白白被害死。"米娜忧伤地说。

风起义愤填膺地说:"无论如何,我一定要把任教授救出来。我们接下来的计划是,第一,把任教授救出来;第二,把鸟屋烧了。"

白马昂首挺胸。米娜接着说:"第三,杀死国王。"

余妈妈说:"第四,释放所有人类!"

风起疲惫地说:"现在时间不早了,我们下次再讨论。散会吧,回去睡觉。想到什么好办法,明天再谈。"

有点花赞同:"好。然后,需要我的话,尽管找我。然后,我一定会为你们牺牲。"

余妈妈纠正:"不要说牺牲,应该说为我们出力。"

有点花更正:"然后,我为你们出力。"

余妈妈鼓励说:"全力以赴。"

有点花乖巧地说:"是,我会全力以赴。"

余妈妈抱着有点花走出来,走回她的蒙古包。

风起接着走出来,看见白马,细声问:"你还没走?"

白马把头伸过去,依偎着风起。风起抱着白马的脖子,似乎明白他表达的意思。

这一晚,我一直听见噗噗声。白马睡不着,飞上飞下。他的翅膀越来越大,身体越来越轻巧,飞得越来越好。

41. 他并不信任风起

第二天晚上，风起、余妈妈、米娜和有点花又秘密开会，偷偷讨论，每个人都说出拯救任教授的办法。大家意见一致，方法只有一个，就是找一把大钳子，剪断关押任教授的铁笼。

这个办法，谈何容易？去哪里找一把大钳子？在鸟兽岛上，他们太清楚了，别说大钳子，小钳子都找不到。

即使有一把大钳子，鸟屋的气窗只有有点花钻得过去，它那瘦小的身体，未必有力气剪断铁条。

正当大家一筹莫展的时候，白马在鸟头峰叫三声。

"海阔王子来了？"有点花问。

"我先回去看看。"余妈妈机警地跑回她的蒙古包。

　　果然，瑜美公主被吵醒，在蒙古包里暴躁地喊："谁来了?"

　　余妈妈回答："不知道，也许是海阔王子吧。"

　　"这么晚还来做什么? 吵死了，别让他来找我。"

　　"知道了，我不会让他进来的，你安心睡觉吧。"

　　我松了一口气，瑜美公主安心睡觉吧。我有预感，这次来的人不是海阔。

　　风起爬上马背岭，我追上去。有点花蹦蹦跳跳，跟在我身边。

　　我们来到码头，白马已经站立在那里。

　　白马出现在码头，是罕见的。每次海阔来，他都避开。这次白马来迎接，来者必定不是海阔。

　　一只小船静静地航行过来，没有轧轧的摩托声。

　　它是电瓶船，是不一样王国的电瓶船。以前，电瓶船都由控制中心遥控的。大水后，遥控系统被破坏，电瓶船如同废物，被搁置一旁。

　　一定是希瓦修好了电瓶船，偷了电瓶船逃出来了。电瓶船不会发出声音，深夜也可以趁机溜走。

　　电瓶船靠过来。我估计得没错，果然是希瓦。

　　月光明亮，希瓦看见我们几个站在码头上，掉头就走。

　　风起展开翅膀，飞过去，追上电瓶船，跟希瓦说话。

　　有点花满脸羡慕地说："风起王子好厉害，要是我会飞就好了。"

　　电瓶船转回头，往我们码头这里驰来。

　　风起先跳上岸，帮希瓦把船拴好。

　　希瓦睁大眼睛盯着我，踌躇着要不要上来。

　　风起问我："他是希瓦，西塔的朋友，可以让他上来吗？"

　　我点头。当然可以。

　　希瓦诚惶诚恐地攀上码头，在我面前畏畏缩缩，尽量和我保持距离。

　　大老虎就是有威严。

　　有点花两腿站立，增加高度，对希瓦说："我是有点花，然后，也是西塔的朋友。"

　　希瓦纳闷，问："猫也会说话？"

风起解释："他不是猫，他是豹子。"

有点花纠正："我不是豹子，我有人类的头脑、眼睛和手指，然后，我是不完全人类。"

希瓦转头看白马，惊喜地问："有翅膀？飞马？会飞吗？"

白马抬起翅膀，扑棱扑棱飞上鸟头峰。

风起拍拍希瓦的肩膀，说："走吧。"

希瓦谨慎地问："西塔住在哪里？"

风起沉重地回答："对不起，希瓦，西塔死了。"

"死了？"希瓦愣住，良久后才问，"你说什么？你刚才说什么？我没听清。"

"西塔死了。"风起斩钉截铁地说。

"你骗我？西塔怎么可能死了？"希瓦后退一步，指着风起说，"我知道你是谁，你是王子，你是国王的儿子，对吗？"

"是的。"风起回答。

"你要逮捕我，对吗？"

"不是。我只是想告诉你事实，西塔死了。西塔等你来，她等不及，生病死了。我现在想带你去西塔以前住的地方。"风起诚恳地说。

"不是不是！我不要去。"希瓦流出眼泪，两手无助地挥动，"王子，你设计了一个圈套，让我来，你要抓我。"

希瓦说完往回跑，企图跑回电瓶船。

他跑不了，我挡住了他的去路。

有点花说："希瓦哥哥，风起王子没有骗你，然后，他说的是真话。"

"你闭嘴！"希瓦怒骂有点花，"谁是你哥哥？我不相信他的话，我也不相信你们的话。我中计了！"

有点花委屈地说："你不相信我们，然后，你相信谁？你相信米娜姐姐吗？然后，我可以把米娜姐姐叫过来，然后，她跟你说。好不好？"

"好！你把米娜叫来。米娜跟我说过，西塔活得好好的，西塔在等我。你叫米娜来。"希瓦抬手擦拭眼泪。

"风起王子，我去叫米娜姐姐。"有点花要征得风起同意。

风起点头说："好，你去吧。让米娜说清楚也好。小心一点儿，不要惊动其他人。"

希瓦颓然坐在码头上，捂脸哭泣。他含糊地问："你说，西塔怎么死的？"

风起没有隐瞒，说出海阔来试验特效药的事。

希瓦默默地听，听完又问："既然西塔死了，为什么你不让我回去？你要我留在这里做什么？"

"我不是不让你回去，我是想带你去看西塔住的地方，把西塔的遗物交给你。还有，我也想让你带着米娜离开。

如果余妈妈愿意，她也可以跟你走。"

"你不是国王的儿子吗?"

"我虽然是王子，可是，我的想法跟国王不一样，我反对国王虐待人类，我愿意放人类回老家去。"

希瓦沉默不语，不知道他是否相信风起王子。

"我们一起走过去找米娜好吗?"风起柔声问道。

"不!"希瓦踞坐在码头上不动，眼睛盯着电瓶船。

看来，他并不信任风起。

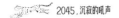

42. 让被子拥我入梦

米娜背着有点花来到码头。她见到希瓦，劈头就说："西塔死了。"

一句漏风的话，希瓦完全相信，哭成了泪人。

米娜怯怯地问："希瓦，你愿意带我一起走吗？"

希瓦反问："你想离开这里？"

米娜欣然说："当然。我已经准备好了。我什么都不带，不用浪费时间。要走，我们现在就可以走了，不然被国王发觉，我们就完了。"

"好，我们现在就走。"希瓦挽着米娜要离开。

风起冲向前，阻拦他们："等一下……"

希瓦反应激烈，推搡风起，问道："怎样？你不让我们离开?"

风起没生气，不温不火地说："不，西塔托我交东西给你，我还没有拿给你。"

"西塔会托你交东西给我?"希瓦不相信风起，转头问米娜，"是真的吗?"

米娜点头说："是真的。我差点儿忘了。风起王子，你快去拿，我们在这里等你。"

"好，你们等我拿来。"风起带着有点花一起走，我跟随在风起身边。

米娜在后面嚷道："要快，迟了就完了。"

有点花看我跟着来，问风起："没有人守着他们，然后，他们一起跑掉，怎么办?"

风起轻描淡写地说："跑掉就跑掉吧，反正我准备放他们走。"

有点花拉着风起说："我不喜欢希瓦哥哥。你帮助他，然后，他不相信你。"

"不能怪他，他被欺负得怕了，戒心特别强。"

我们走到米娜的蒙古包外面，风起进去拿东西，吩咐有点花去叫余妈妈。

余妈妈走过来。风起捧着叠成四方形的被单说："希瓦来了，见到米娜了。他们就要离开这里，你要跟他们一起走吗?"

"现在?"余妈妈又惊又喜。

"现在。他们在码头等你。"

"可是……"余妈妈犹豫着，"我要回去收拾东西了。风起，你先走，让他们等一等，我马上就来。"

风起捧着被单说："好吧，我先走。你要快，他们很急。"

有点花贴心地说："风起王子，我在这里等余妈妈。"

我陪着风起不慌不忙地走回码头。

码头那边，没见到希瓦和米娜，不过，电瓶船还在。

风起对我说："我上去看看。"

他拍拍翅膀，噗噗飞上鸟头峰。

我后脚一蹬，急速奔跑上去。

果然，希瓦和米娜就在上面。

坟墓的泥土已经被扒开，希瓦伏在棺材盖上哭泣。

米娜蹲在一旁安慰他："人死了，伤心也没有用，我们赶快走吧。"

白马站在最高处，眺望海洋。原来，他飞上来是为了放哨。

"希瓦，这是西塔给你的情书。"风起捧着被单。

"情书?"希瓦觉得奇怪，起身接过来，"一块白布?"

"西塔把情书写在被单上。"米娜说。

希瓦把被单摊开来，眼睛凑过去，月光下他认得出西塔的笔迹，激动地说："是西塔写的！是西塔写的！"

他转过身子，对风起磕头："谢谢你，谢谢你。"

"你慢慢看吧。白马替我们放哨，不会出事的。"

希瓦泪流满面地说："不，我舍不得读，留着回去慢慢读。余妈妈准备好了吗？"

风起说："余妈妈正在收拾东西，她会去码头跟你们会合。"

希瓦把被单交给米娜，把泥土再堆成坟墓，然后站立起来，挥去身上的污泥，说："好，我们到码头那里等她。"

"快。"米娜急着要走。

"等一等。"希瓦从容不迫，对坟墓三鞠躬，立正，闭目沉思片刻，忽然诗兴大发，不想走了。

他朗声念道："月亮把我带来，我心中充满期待，期待和你见面，期待和你一起离开。离开连绵噩梦，回到以前那个地方。那个地方有欢笑和阳光，还有我的琴声你的芬芳。"

米娜催着他："走啦。"

希瓦举起手掌，叫米娜等，他闭目思索。

"月亮悄悄把我带来，星星悄悄把你带走。我找到了你的被子，你找到了我的小舟。我的小舟抱你睡眠，你的被子拥我入梦。如果你的灵魂还在，请你悄悄起来。不要吵醒星星，不要惊动月亮。爬出我的小舟，钻入你的被子，让我们在睡梦中，悄悄相逢。"

米娜气坏了，交叉手臂，急得直跺脚："还不走？"

人类的行为，老虎无法理解。老虎急的时候，马上行动，刻不容缓。人类急的时候，居然可以停下来，絮絮叨叨。

希瓦念完，深深一鞠躬，才带着米娜依依不舍地爬下山去。

我和风起跟随于后，留下白马在鸟头峰站岗放哨。

码头上，空无一人。余妈妈和有点花还没来。

米娜急着离去，问希瓦："你还要等余妈妈？"

"等。我们不急，有白马放哨，不怕国王追过来。"

"等到他追过来，我们就完了。"

"他不会追来的。他晚上工作到很晚才睡，现在睡得正香呢。米娜，你知道国王最近在忙些什么吗？"

米娜告诉希瓦，国王在研制一种禽流感特效药。等他研制成功，他就要放病鸟害死人类，引起恐慌，到时候，他就可以卖药牟利。

米娜还说，国王把任教授关在鸟屋里，因为任教授不愿意帮助国王害人。

风起插嘴说，他和有点花曾去救任教授，但是不成功，现在还在想办法。

希瓦也说了人类在科研岛的情形。他说，他们都被扣上电子脚镣。以前，每一个晚上，电子脚镣就会增加重量，把他们锁在地面。大水过后，电子脚镣不再增加重量，他怀疑电子脚镣失灵了。今晚他可以轻易地离开，证明他的猜测是正确的。

他说，科研岛的人类都痛恨国王，现在电子脚镣失灵，人类要反抗就不难了。如果科研岛的人类反抗，应该可以救出任教授，也可以把鸟屋烧毁，拯救全世界的人类。

说到这里，有点花蹦蹦跳跳地过来。

有点花报告消息："余妈妈不走了，然后，希瓦哥哥和米娜姐姐，你们自己离开吧。然后，余妈妈祝你们好运。"

米娜一脸诧异："为什么余妈妈不走了？"

有点花解释："余妈妈本来打算走，然后，她去收拾行李。然后，她去看瑜美公主最后一眼。然后，她流着眼泪对我说，她不走了，她放不下瑜美公主。"

风起叹道："唉，她太爱瑜美公主了。算了，你们自己走吧。"

米娜心情振奋，说："希瓦，我们走吧。风起王子，谢谢你，你真是好人。有点花，我爱你，我不会忘记你的。"

有点花跳上米娜的身体，抱紧米娜："米娜姐姐，我也爱你，我舍不得你。"

风起拉扯有点花下来："快下来，不要浪费他们的时间，万一被国王发现，他们就逃不掉了。"

有点花跳下来。米娜率先爬下船。

希瓦在码头上站着愣怔。

风起催希瓦："快，快走，抓紧时间。"

希瓦伸手拉米娜，说："米娜，对不起，我不能带你走了。我要回科研岛去。我要去救任教授。我要烧掉鸟屋。"

米娜不愿意上来，说："希瓦，你疯了吗？你逃跑后，又回去，他们一定会把你捉起来。你回去，一定完了。你跟我一起离开吧。"

"不！我情愿冒这个险，也要救出任教授，烧掉鸟屋。"

米娜急得哭了："你这么做，很危险哪！"

希瓦下船去，把米娜抱上来，然后挺起胸膛说："为了全世界的人类，我不怕危险。"

"好！"风起竖起拇指，"赶在天亮之前回去吧。"

希瓦开动电瓶船，挥挥手，扬长而去。

米娜伏在码头上号啕大哭："呜——我完了！"

我衷心佩服希瓦。他的生命，比我的生命更有意义。我生命的意义是什么？我要重新思考。

43. 闯了祸还不知道

　　希瓦回去三天了，杳无音信。余妈妈说，没有消息就是好消息，要是希瓦出了岔子，坏消息必会传过来。

　　过了三天，我和有点花去迎接海阔，一如往常，他还是那个样子，摆摆架子，做什么事就说他赢了，看不出有什么变化。没有变化，表示希瓦平安无事，这就是好事了。

　　今天，我们接了海阔，有点花差点儿把事搞砸了。有点花年纪小，沉不住气，听余妈妈说没有消息就是好消息，便自作聪明地问海阔："海阔王子，你们科研岛那儿有什么消息吗？"

　　海阔错愕："没有哇。你想知道什么消息？"

　　有点花嘻嘻地笑："没有消息就好，没有消息就好。"

　　海阔觉得事有蹊跷，于是问："那么，你以为会有什么消息？"

　　有点花忸怩地说："没有消息就好，然后，最怕有坏消息。"

　　海阔追问："你以为什么消息是坏消息？"

　　有点花谦虚地说："我不知道。我哪里猜得到？"

　　海阔称赞他说："有点花，你这么聪明，你说一说，什么消息才算坏消息？"

　　有点花飘飘然起来，居然说："比如说，人类起来反抗，就是坏消息。"

　　海阔接着话茬儿说："对了！有点花，你说得真好，你真的很聪明。可是，人类为什么要反抗？你说说看。"

　　有点花坦然地说："你们对人类不好，欺负人类，然后，人类就反抗。"

　　海阔辩说："谁说我们对人类不好？是不是风起王子说的？"

　　风起在他生日那天，的确说过要为人类争取自由。

　　有点花怕连累风起，马上否认："不是风起王子说的，别人说的。"

　　"别人？米娜？"

　　"不是米娜姐姐。是别人。"

　　"余妈妈？"

"不是余妈妈。是别人。"

"不是风起王子，不是米娜，不是余妈妈，这里还有谁?"

有点花赶忙说："不是这里的人。"

"不是这里的人，是哪里的人?"

"外面的人，你不认识的。"

"有点花，你认识的人我都认识。有什么人是你认识我又不认识的，你说?"

"没有啦。海阔王子，没有人来过这里，然后，我……乱说话罢了。"

"没有就好，要是被我查到，你就死定了。"

有点花紧张起来，画蛇添足地说一句："然后，你不要回去查。"

糟了。有点花怎么说"回去"查，这不是说明是科研岛的人吗?

海阔强调："我偏偏要回科研岛查。"

他瞅着有点花。

有点花吓得发抖，支支吾吾地说："海阔王子……你别回去查……然后……你查不出结果的……然后……你浪费时间。"

"好。不要浪费时间，快去捉鸟。"

有点花爬上丝网捉鸟，心不在焉，动作没以前利索。

海阔在下面喊："要是我发觉你瞒着我，没有坦白地告诉我，我就会把你打死。"

整张丝网都在颤抖。

这一天，海阔没有马上离开。他去找余妈妈说话。他问一句，余妈妈回一句，问不出什么来。他也找米娜说话，米娜守口如瓶。

海阔枯坐在大石头上，等待风起和瑜美。

风起低飞，牵着瑜美公主回来。

海阔站了起来。

风起看见海阔，放开瑜美公主，高飞而去。他不想和海阔说话。

瑜美公主游入沙滩水沟，径自回蒙古包去。

海阔走进瑜美公主的蒙古包，假惺惺地说："瑜美，你好吗？好久不见。"

瑜美公主不客气地说："我很累，想休息一下。海阔哥哥，你有什么事吗？"

"没有。我只是想问问，我给你挖的水沟还好用吗？"

废话！他就只是想邀功。

"还好。"

"还需要我帮你做什么吗？"

"不需要。我很累，你别再来烦我了。"

"别再来烦你？瑜美公主，对不起。我好久才来一次，不知道我什么时候打扰了你？我有吗？”

　　“还说没有？三天前你就打扰了我。”

　　“三天前？我没有见到你呀！”

　　“你没有见到我，可是你吵醒了我。半夜三更来这里做什么！”

　　“半夜三更？你怎么知道是我？”

　　“我怎么不知道？白马鸣叫，我就知道是你来了。风起还要半夜起来接待你，我妈妈都说了。我怎么不知道？”

　　海阔顿了一顿，才说：“好，好，好。我知道了。”

　　他匆匆离开，没有追问下去。我相信，他不会就此罢休。

　　我真为希瓦担心，也为有点花担心。

　　有点花这小子，闯了祸还不知道。

44. 把责任揽在身上

我担心的事情发生了。

这天，我和有点花去迎接海阔和小孙。海阔腰间插着一把刀，怀里揣着一个包裹。小孙手拎菜篮和鸟笼，肩膀上挎着一卷绳子。这是不寻常的。

他们跳上码头，我从小孙手中接过菜篮。

海阔神色凝重，吩咐我："蛋猫，你把菜篮拿回去！"

我等他们一起走，他却挥手赶我："去，去！还不快走？"

海阔似乎有意支开我。我三步并作两步蹦上马背岭，听见他对有点花说："走，去捉鸟。"

我急奔向厨房，把菜篮搁在桌子上，然后回头就跑。

余妈妈正在厨房里，问我："这么心急火燎的，赶去哪里?"问我?我能回答吗?我是哑巴呀。

米娜代我回答："人有三急，虎也有三急。哈哈。"

不好笑。不，我不能太急。我唐突地出现在他们后面，会引起海阔不悦。我得悄悄行动，不能打草惊蛇。他们去捉鸟，必定在羊尾崖。

我蹑手蹑脚地走到羊尾崖，只见四只鸟缠在丝网上，没见人影。那个空鸟笼，搁在丝网底下。他们去了哪里?

我扭转耳朵，仔细聆听。

西南岸山脚处传来有点花的哭声，断断续续的。

我伸长脖子俯视，这里山坡很陡，要往下爬不容易。

陡坡上有一道草丛被压扁的痕迹，我猜想是海阔用他坚硬的龟壳滑下去压出来的。小孙是黑猩猩，要爬陡坡不难。有点花小巧灵活，蹦蹦跳跳也能下去。我这个250千克的身体，一不小心可能会狼狈滚落。

我小心翼翼，一步一步爬下去。爬到某个高度，居高临下，我看见他们在一个山坳里。

听得清楚声音的时候，我就停了下来。

海阔对着大树，喝道："说!"

有点花四肢抱着树干，不，不是抱着树干，是被绑在树干上，手脚都被捆扎起来。他哭着说："……我不知道。然后，你们要怎样?"

海阔从腰间抽出小刀。小刀在有点花面前晃动。

有点花惊恐地哭叫："不要!"海阔要杀死有点花?

我踏稳脚步，身体往后退缩，做好向前冲的准备。要是他真敢动手，我一定向他扑去。

海阔只是虚晃了几下，然后奸笑着转身。他后面有一丛藤树，长着一根带刺的绿茎。他用刀子砍断绿茎，剥去外皮，脱出一根光滑的藤条。藤条约一米长，手指粗。

海阔挥动藤条，藤条嗡嗡作响，听那响声，就让人发怵。有点花被吓坏了，又叫："不要!"

海阔举起藤条，在有点花背后狠抽一鞭。

有点花惨叫一声。"疼不疼?""疼。"

海阔揭开包裹，里面竟是西塔写给希瓦的情书。

不好! 希瓦一定是被逮捕了。

海阔把情书拿到有点花面前，说："我问你，你老实回答，我就不打你。这个是什么东西?"

眼泪一滴滴淌下，有点花怯怯地说："情书。"

糟了。他招供了。

小孙哈哈大笑，说："这是我家的被子，怎么会变成情书?"海阔不理小孙，继续问："谁写的情书?"

"西塔姐姐写的。"他全供了!

"你怎么知道?""我看过她写。"

有点花看过西塔写情书? 有可能。他跟西塔关系亲密，常常挨在一块儿睡觉。

"她写给谁的?""写给希瓦哥哥的。"

有点花真是的! 这又何必说出来?

"她要怎样交给希瓦?""她等希瓦哥哥自己来拿。"

"希瓦有没有来拿?"

有点花迟疑着，没有回答。

这是关键。有点花，你不能说!

海阔挥起藤鞭，又响亮地抽一下："说，希瓦有没有来拿?"有点花哭着回答："来拿了。"

有点花太诚实了。

"什么时候来拿的?""大约十天前。"

"白天还是晚上?""晚上。"

"希瓦来找谁?""找西塔姐姐。"

藤条又无情地抽下去。

可怜的有点花。他答得没错呀，希瓦来找西塔。

"西塔死了，他还来找西塔? 你骗谁?"

有点花呜咽着。"我没有骗你。希瓦哥哥来找西塔姐姐，然后，他不知道西塔姐姐死了。"

"那么，谁告诉他西塔死了?"

有点花闭嘴不说。

海阔疯狂地挥动藤条，嗖嗖嗖，连打他几鞭，再大声问道："谁告诉他西塔死了?"

有点花咬紧牙关回答："我！"

好家伙！他把责任揽到自己身上。

"你？你怎么告诉他？"

小孙插嘴："你骗人。他又不认识你。"

"他来到码头，然后，碰到我。然后，他问我西塔住在哪里，然后，我跟他说西塔死了。"

小孙又说："你骗人。你又不是人，只是一只小豹子。希瓦碰见你，他会跟小豹子说话？神经病。"

海阔骂小孙："你住嘴。"

有点花圆谎说："我看见他，然后，自我介绍，说我是有点花。然后，他问我西塔姐姐住在哪里。然后，我说西塔姐姐死了。然后，他不相信。然后，我带他去西塔姐姐的蒙古包，然后，拿西塔姐姐的情书给他。然后，他就走了。"

好家伙！他把所有事情都揽在自己一个人身上。

"就只有你一个人看见他？""就只有我一个人。"

"风起王子呢？""他在睡觉。"

"白马呢？""白马也不知道，不知在哪里睡着了。"

海阔猛抽有点花："你骗人！你骗人！"

有点花哭得死去活来。

海阔再问一遍："你说，风起王子有没有跟希瓦说话？"

有点花坚定地嘶喊："没有！"

海阔狂风般鞭打。

有点花昏厥过去。

海阔拉着小孙说："我们走吧。"

小孙回头看看，问："有点花呢？"

海阔冷漠地说："不要理他，他死不了的。谁叫他嘴巴硬，骗我？他以为我不知道风起做的事？哼！"

小孙附和道："对。风起王子和希瓦是一伙的。"

我以为海阔会往我这里爬上来，不知道如何躲藏，结果海阔跳下水去，沿着海岸游泳，游到没这么陡的山坡才爬上去。哈！原来他能滑下去，却爬不上来。

小孙亦步亦趋，在岸边随着海阔跑，然后跟海阔一起爬上山。

他们走远后，我正要上前去看有点花，一个白影从我头顶飞过。

白马在有点花前面降落。

他用牙齿替有点花解开了绳子。

有点花跌倒在地上，醒过来，看见白马。

白马伏在地上。

有点花艰辛地爬上白马的后背。

白马把有点花驮到树荫下，站住不动。

我找寻可以踏脚的地方，慢慢爬下去。

白马看见我，一点儿都不觉得惊奇。

　　我查看有点花的身体，外表看不出半点儿伤痕。他背部有密毛遮掩，盖住了皮肤上的红肿。

　　我用舌头舔他的背部，舔他的伤口。我相信老虎的口水有疗效。

　　白马静静不动，把自己当作有点花的一张床。

　　羊尾崖上面传来声音。小孙在捉鸟，海阔在指挥。

　　有点花也是猫科动物，耳朵跟我一样灵敏，应该同样听得见。

　　我们按兵不动。等他们离开羊尾崖，有点花才细声说："我被海阔王子打，然后，不要告诉他们。我没事。"

　　白马走向山坳空旷处。有点花知道白马要起飞了，抱紧白马的脖子。白马驮着有点花，扑棱扑棱飞起。

　　我在山坳里发呆。

45. 早上米娜要作呕

米娜好像是病了。她一大早起来，扶着树干，弓着腰，张嘴想呕吐，哇哇哇的，却吐不出什么东西。

有点花从香樟树上跳下来，挨在米娜腿边，关心地问："米娜姐姐，你怎么啦？"

米娜抹去嘴边的口水，在树干上擦手，对有点花摇摇头，说："有点花，我完了，我完了……"

风起睡眼惺忪地从蒙古包钻出来，问米娜："你哪里不舒服？"

米娜欲言又止，然后扑在树干上，放声大哭。呜呜声拉得很长，好像要把心中的委屈完全倾泻出来。

有点花环抱米娜的大腿，担忧地说："米娜姐姐，你不要这样。"

风起站在米娜后面，手足无措，不知怎么办才好。

米娜用力地哭，脖子后面都是汗珠。

风起抬起一边翅膀，轻轻地上下拍打，为米娜扇风。

余妈妈皱着眉头走过来，问米娜什么事。

米娜就只是哭，什么都不肯说。

有点花尝试解释："余妈妈，早上我在树上，听见哇哇声，然后，我看见米娜在干呕，然后，她什么都没有呕出来，然后，我问她怎么啦，然后，她说她完了，然后，风起王子问她哪里不舒服，然后，她哭了。"

余妈妈看出端倪，对风起和有点花说："你们让开。"

她从后面轻轻搂抱米娜。

米娜转身抱着余妈妈大哭，哽咽说："我完了。他……他……他……"

她睁眼看见风起和有点花还在她前面，又说不出口。

余妈妈揽着米娜，走入蒙古包里："别急，我们里面慢慢说。"

她们说话不想让别人听见，我们当然也不好意思跟过去。

我们都在外面等，和蒙古包保持距离。我把耳朵朝向大海，不去听她们说什么。

良久，余妈妈绷着脸，气势汹汹地走出来。

风起问她："什么事?"

"井本这个畜生!"余妈妈怒骂一句,然后快步走向厨房。

有点花问风起："井本不就是国王吗?"

"是。"风起回答。

"然后,畜生到底是什么意思?"

"畜生是禽兽的意思。"

"是骂人的话?"

"是骂人的话。"

"然后,为什么要骂国王?"

"国王做了对不起米娜的事,严重伤害了米娜。"

"国王很坏!"

国王实在是一个畜生!

以前,我天天待在国王身边,眼里只有国王,国王就是一切。国王诡计多端,我是知道的,但我习以为常,以为人性就是如此,那1300克的脑子充塞着坏点子、歪主意。

后来,来到鸟兽岛,离开了国王,发现这里人人坦诚相待,都很善良。原来人类并非都阴险狡猾,唯有国王最坏。

"各位,早安!我回来了!"Aralumba从天而降。

他在我们上空绕圈子,喊道:"你们都起来了吗?"

风起回答:"都起来了。"

余妈妈说："Aralumba，好久不见，什么风把你吹过来了?"

Aralumba没有回答，只管点名："风起王子、余妈妈、有点花、蛋猫……米娜? 米娜呢?"

余妈妈指着米娜的蒙古包，说："里面。"

"米娜! 起来!"Aralumba钻进米娜的蒙古包里转了一圈后飞出来，自言自语，"还有谁? 还有……瑜美公主!"

"瑜美公主!"Aralumba往瑜美公主的蒙古包飞去。

瑜美公主在蒙古包里喊道："Aralumba，什么事?"

"国王要来了，他要我确保每一个人都在场。"

瑜美公主欢呼："太好了! 爸爸要来了!"

不好了! 国王要来了!

Aralumba问："还有一个……白马呢?"

余妈妈说："白马神出鬼没，你到处找找吧。"

Aralumba飞上天空，边飞边喊："白马……白马……白马……"

我忧心如焚。

46. 只有一个人能活

我们在沙滩上，围成一个圆圈等待国王莅临。

风起命令我："蛋猫，走，我们去码头迎接国王。"

Aralumba阻挡我们："国王吩咐，不需要任何人迎接。"

这就不寻常了。国王不要我们以礼相待，难道要和我们撕破脸？

国王和海阔一起来。国王腰间插着一把伽马枪，这已经让我惊心动魄，而更让我惴惴不安的是海阔怀里的包裹。我知道里面是什么。

Aralumba栖息在海阔肩膀上，看来他们俩关系特好。

我们向国王请安，国王一言不发，牵着海阔加入我们这个大圆圈。

国王背海而立，海阔站在他右边，风起在他左边。

这个大圆圈顺时针排列是国王、风起、我、白马、米娜、余妈妈、瑜美公主、有点花和海阔。

瑜美公主就泡在水沟里，眼睛望着正对面。她的正对面就是风起。

海阔先说话："各位，请肃静，我们请尊贵的国王致辞。"

国王单刀直入地说："最近科研岛发生了一些偷鸡摸狗的事，让我很不高兴。一天晚上，有一个工人拿着一把大钳子，悄悄走向鸟屋，企图破门而入。我们不知道他有什么企图……"

我听了，心头怦怦直跳。那个人是不是希瓦?

国王犀利的目光向大家扫去，目光犹如一把剑，知情的人都会打哆嗦。

有点花的四条腿都在发抖。

米娜眼中含泪，脸色一阵青一阵白。

国王看在眼里，继续说："还好，这个工人被独角龙发现。独角龙把自己的身体当作绳索，将他捆绑起来。"

米娜禁不住落泪。

米娜，不可以哭，你哭就露馅了。

"我把叛徒交给海阔审问，海阔，你接下去说。"

海阔说："我很惭愧，审问了一天，也问不出什么结果。那个人什么都不说。到了晚上，我让独角龙来处置他。独角龙把他当作晚餐，一口吞进了肚子里。"

太残忍了。

米娜偷偷啜泣，空洞的鼻子像口哨一样，冷不防发出尖锐的吱吱声。吱吱声一响，她自己吓了一跳，念一句"完了"，屏住呼吸。

国王冷峻地瞥了她一眼："海阔，继续说。"

"我们发觉，叛徒不只一个。那个晚上有另一个叛徒爬上树，把独角龙的头割断。那个人还把独角龙的肚子剖开，挖出尸体……"

这个厉害。

"……他埋葬尸体的时候，被 Aralumba 发现了。"

Aralumba 插嘴："这个人叫希瓦。"

国王骂道："谁让你说话!"

米娜忍不住捂着嘴巴哭，哭得浑身乱颤。

国王诡异地一笑："你们知道，我怎么解决这个叛徒?"

国王缓缓抽出伽马枪，指着米娜。

米娜没有企图逃跑，也没有跪下求饶。她抚摸着自己的小腹，认命地闭起眼睛。

瑜美公主喊："爸爸，不要……"

米娜曾经照顾瑜美公主多年，两人毕竟有感情，虽然感情不算深厚，但是瑜美公主也不忍心眼睁睁看着米娜被枪毙。

国王把伽马枪挪开，指向大石头，轰然开枪。

枪声其实不响亮，像闷在瓮里的爆竹声。只见一束亮光投向石头，石头呼一声穿了一个大圆洞。星火从圆洞喷向大海，刷出一条白浪。白浪噼噼啪啪而去，划过之处，冒出滚滚白烟。

有点花瞪大眼睛，合不拢嘴。

伽马枪厉害!

国王用枪指着海阔的胸膛："我一枪射向希瓦，希瓦的身体顿时粉碎，头和手脚飞得老远。海阔，你看到了吧?"

海阔镇静地说："看到了，国王。"

国王用枪挑动海阔手里的包裹："打开，让他们看。"

海阔展示叠得四四方方的白色被单："希瓦死后，我在他床底下找到了这个。"

国王低下头："风起王子，这是什么?"

有点花争着回答："西塔姐姐的情书。"

国王把枪朝向有点花，吼道："闭嘴! 我没有问你。风起王子，我要你回答。"

风起从容地回答："这是西塔写给希瓦的情书。"

国王没有看风起，板着脸问："谁把这个东西交给希瓦的?"

风起勇敢地承认："是我。"

有点花泪流满面，张大嘴巴，不敢出声，只是不停地摇头。

瑜美公主目瞪口呆，潸然泪下。

"你在哪里交给他的?"

风起如实回答："在码头。他来找西塔，西塔死了，我把这个交给他。"

瑜美公主喊道："不是，不是……"

国王对瑜美公主说："宝贝，你冷静下来，听他怎么说。"

瑜美公主哭着说："我怎么不知道?"

国王说："宝贝，你不知道的事情多着呢。我今天就是要他亲口说给你听。"

风起理直气壮地说："西塔一直爱着希瓦，希瓦也爱西塔。爱情无罪，我只是把西塔的遗物交给希瓦。"

国王震怒，吼道："你只是交遗物? 那么简单? 你对希瓦说了什么?"

"我……"风起语塞。

他和希瓦说过很多句话，国王要听的不知是哪一句。

"为什么希瓦不逃走?"国王又问。

风起沉默。

"希瓦偷了科研岛的电瓶船，本来可以一走了之，可是他来鸟兽岛和风起王子见面后，却又回科研岛去。为什么他不逃走？他抱着什么目的？风起王子跟他说过什么？"

这些问题，对风起并不公平。我记得，风起劝希瓦逃走，是希瓦自己不要逃走，希瓦自己要回科研岛去的。

国王指着风起，告诉大家说："希瓦不逃走，因为他有任务在身。谁给了他任务？是他！"

米娜猝然大喊："不是风起王子！是我！"

米娜这一喊，让我刮目相看。她一向懦弱怕死，居然有勇气替风起顶罪。

"住口！你再出声，我就要了你的命。"国王对米娜吼叫，接着又问，"风起王子，还有一件事。有人看见你在半夜飞去科研岛，是真的吗？"

"是真的。"风起并不否认。

"你飞去科研岛做什么？"

"我要把任教授救出来。"

"任教授？你要救任教授？任教授不是死了吗？"国王愕然。

"任教授没有死，他被关在鸟屋里。希瓦不想逃走，回科研岛去，也是为了把任教授救出来。"

国王脸色骤变，眉头一拧，转问海阔："他说任教授没有死，到底是怎么一回事？"

海阔惊慌失措，以为国王怀疑他，连忙否认："我没有说，不是我说的。我没有对他透露过任教授的事。"

　　Aralumba 从海阔的肩膀上飞开，说："也不是我说的。我不知道任教授没有死。可能是小孙说的。"

　　小孙不在现场。

　　"够了！"国王喝止。他眼珠一转，给自己台阶下。

　　"我知道是希瓦说的。"

　　国王睨视风起，责怪说："你和希瓦特别要好，西塔更是你的红颜知己，是不是？"

　　瑜美公主怒瞪风起。

　　风起瞅着瑜美公主说："我们只是朋友。"

　　"只是朋友？你生日的时候，给西塔和希瓦什么祝福？"

　　风起瞟了海阔一眼，然后说："我希望他们能够相聚，幸福地在一起。那是我个人的心愿。"

　　"你个人还有另一个心愿，关于人类的，是什么？"

　　"我希望不一样王国的人类能够受到公平的对待。"

　　国王不悦地点头："对了，你要拯救人类，这一直是你的目标。你离开不一样王国去找你妈妈时，在船上，就这么说过。你妈妈不让你回这里来，你是为了拯救不一样王国的人类，坚持要回来。"

　　Aralumba 躲藏在树叶中。

　　"是的，国王，人类必须得到公平的对待。国王，我求求你，你把人类都放了吧。"

　　"放肆！你到现在还执迷不悟。风起，我对你不够好吗？为什么你要这样对待我？你要人类和我平等，人类就会起来反抗。为什么你要煽动人类反抗我？"

国王眼里闪着泪光，把伽马枪指向风起的身体。

风起回答："国王，我没有煽动人类反抗你。"

瑜美公主游水过来，在水沟旁哀求："爸爸，你不要开枪……你不要……"

"这双白色大翅膀，太美了，我舍不得毁了它。不是翅膀的错，是……"国王把枪指向风起的头，"是你的头脑背叛了我，你是不一样王国的叛徒！"

瑜美公主从水中跃起，在沙滩上噗噗跳。她双手抱着国王的大腿，哭叫："爸爸……不要……求求你……"

国王嘶吼："宝贝，他煽动人类造反哪！我今天不杀了他，人类就会杀了我。我也舍不得呀！可是我没有办法，我和他，只有一个人能够活着。"

瑜美公主拍着大尾巴，要跃起抢夺伽马枪，却跃不上来。

我看着国王手指扳动……

47. 大老虎吼叫无声

　　我觉得胸口有一股强大的怒气，正要从我喉间吼出去，却被我的威严卡住。那股怒气无法发泄，化成一股动力，在那一瞬间把我整个身体抛了出去。一切发生得太快，迅雷不及掩耳，我250千克的身体撞在了国王身上。

　　不要说我英勇，我根本不知道自己在做什么。要是有时间让我思考，我可能不敢扑向国王。我多年跟随在国王身边，被国王驯服成一只听话的绵羊。要我对他做出背叛的举动，我可没有这种胆量。

　　等到我清醒过来，灿烂的烟火正在空中闪着耀眼的光芒。这是什么喜庆日子？我在做什么？

　　国王被我按在地上，动弹不得。他的眼睛充满了恐惧，他的嘴唇怯怯地颤抖。他看我的眼神，赤裸裸地透露出他懦弱的一面。他害怕我。他害怕我，我就不怕他。我用坚硬如铁的眼光瞪他，他打了个冷战。

我撞向他时，他就开枪了。那支威力无比的伽马枪，被我撞开了，目标偏了，射在一棵棕榈树的树冠上。

棕榈树冠化为成千上万的碎片，一飞冲天，在天空燃烧得像烟火，闪亮夺目。这是多么美丽的一刻，我把国王撞倒，烟火五彩缤纷。

那棵棕榈树散尽光芒后，只剩一根光秃秃的树干。树干的秃头燃烧起来，但火焰很快被海风吹熄，化成一缕黑烟，从焦黑的秃头斜斜升起。

国王的眼神是复杂的，带着恐惧、诧异和迷惑。他万万没有想到他多年来最忠诚的朋友今天会背叛他。他没有想到我会站在风起那边。

我不是站在风起那边，我是站在正义那边。正义永远是胜者，国王，你不要和正义搏斗。你不是输给我，你是输给了正义。

国王的伽马枪被撞开，掉在沙滩上。他想伸手去抓枪，但我不会让他得逞。他的身体被我压得陷入沙地，尽管他有一双修长的黑猩猩手臂，仍然够不着。

伽马枪就落在风起后面。风起转头一看，迟疑一阵，才弯腰想把枪捡起来。可惜，他慢了一步。

海阔飞扑过来，把枪夺走。

我以为海阔夺了枪，会先把我轰死。我不怕，我会从容就义。我现在找到了我生命的新意义，不是威严，是正义。我活着，就是为了维护正义。为正义而做出牺牲，生命的意义就彰显了。

海阔并没有先杀死我，他把枪指向风起。

他在做什么？他是不是希望我把国王咬死，而他又杀了风起，然后由他来做国王？

我想太多了。他根本看不起我，不相信我有胆子对国王怎么样。

我敢不敢对国王怎么样？

国王在我脚下喊道："海阔，开枪！快开枪！"

他的口水往上溅，喷在我的脸上。

国王被我踩在脚下，还敢这么说，简直不把我放在眼里。他知道我不会咬死他，我若要咬死他，他早死了。他更怕风起，风起背后有一股力量，会起来反叛他。而我，只是风起的保镖。

身为风起的保镖，保护风起的人身安全，就是我的责任。

现在海阔举起伽马枪，对着风起。风起的生命受到威胁，我不能视若无睹。

海阔的手在发抖，不能够把枪握稳。风起是他的朋

友，是他的兄弟。要杀死自己的兄弟，海阔能狠下心吗？

海阔惧怕国王，他敢不听国王的命令吗？

要是他听国王的命令，风起必死无疑。

我必须保护风起。我盘算着自己的下一步，我要直接扑向海阔，还是先把国王咬死？

48. 初一晚上我等你

一个白影闪电般飞过来。

白马猛然撞向海阔，把海阔撞跌在地上。龟壳陷入沙滩，海阔四脚朝天。

好家伙！白马，干得好！

海阔倒地不起，手里还紧紧握着伽马枪不放。

他怒不可遏，杀气腾腾，把伽马枪举起来，瞄准白马。

白马呆呆地直立不动，似乎被自己的勇气吓呆了。白马，还不快走？

一阵花影掠过，海阔猝不及防，咻一声，手里的伽马枪刹那间被夺走。海阔一脸错愕，转头望向有点花。

有点花风一样飘来，出现在我和海阔中间，手中握着伽马枪。

他用双手握紧枪，厉声命令海阔："海阔哥哥，你站起来，然后，举起手。"

海阔慢腾腾地站起来，举起双手，盯着有点花，伺机反击。

有点花后退几步，枪口仍然对准海阔的心脏："海阔哥哥，转身，然后，面向大海。快!"

海阔无计可施，缓缓转身。

"对，就这样。然后，你不要动。然后，你不准回头。你一回头我就开枪。"

这家伙! 有点花，了不起!

有点花转过头，对大家喊道："然后，你们快逃! 然后，还等什么? 快逃!"

米娜迟疑，问道："你呢? 你怎么办?"

"我不怕，我有枪。"有点花十分镇静，"你不快逃，然后，你完了。"

"快，快!"米娜拖着余妈妈，战战兢兢地爬上斜坡。

余妈妈回头对瑜美公主喊道："瑜美，再见。你保重，我爱你!"

瑜美公主在沙滩上痛苦地翻滚，大尾巴上沾满沙砾。她离开海水，浑身不自在。她对着余妈妈哭叫着："妈——你不要走——"

"对不起！我回去后，每逢初一晚上，会去沙滩等你！"余妈妈抛下这句话，加快脚步，和米娜相互扶持，爬上马背岭。

我琢磨着余妈妈的话：为什么要在初一晚上？

树上窸窣响，我抬眼一望，看见 Aralumba 躲在茂密的枝叶间。

"风起哥哥，你还不走？然后？"有点花问。

风起不急着走。他把瑜美公主抱起来，却心有余而力不足，搂着瑜美公主晃晃悠悠。瑜美公主的尾巴仍然拖在地上。风起步履蹒跚地走向水沟，把瑜美公主放入水里。

瑜美公主用手臂勾住风起的脖子，哀求着："风起哥哥，你不要走。"

风起推开她的手，安慰她说："我们会再见面的。"

瑜美公主落入水中，在水里摇晃，洗去身体上的沙粒。

等她再浮出水面，风起已经飞走了。她仰望天空，喊道："风起哥哥，等等我！带我一起走！"

风起在空中盘旋一圈，对她挥挥手，纵然不舍，还是离开了。

瑜美公主不放弃，喊着"风起哥哥"，游出水沟，向大海游去。

有点花又问："白马，你还不走？"

白马一怔，不知往哪里逃。哪里才是他的归宿？他抬头望向鸟头峰，扑棱扑棱飞上去。

人声俱静，只剩下风声、浪声和树叶声。

海阔以为没有人了，转过头来看。

有点花喝道："把头转过去，然后，面向大海。然后，你再转过头来，别怪我不客气。"

国王侧过脸瞪着他。

有点花对国王怒喊："你看什么？然后，你也把头转过去!"

国王尽最后的努力，游说有点花："有点花，我是国王啊，你怎么可以这样对待我？你乖乖听话，把蛋猫射死。你将功赎罪，我不会怪你的。"

有点花不领情，骂道："呸! 你这个畜生! 你这个禽兽! 你是畜生禽兽，然后，我才不听你的话。"

国王翻白眼，愤然转头，不再看他。

过了很长的时间，海阔发觉没有动静，徐徐转过身体。

他们全都走了，他后面并无一人。

这时 Aralumba 才在树上喊道："有点花早就走了，你还不知道。"

海阔向我走来，对我粗声喊道："放开国王。"

我不怕海阔，按住国王不动。

国王在我脚下说："海阔，快去看看我们的船还在不在?"

"是。"海阔转身离去，快步爬上马背岭。

Aralumba从树上飞出来，跟随海阔而去。

国王瞪了我一眼，没说什么，闭起眼睛，眼泪从眼角滴下。

Aralumba飞回来说："报告国王，我们的汽船被开走了，余妈妈、米娜和有点花都在船上。"

"你还不去追？"

"我不敢。有点花手里有枪，如果我追过去，他开枪打死我，我不是白白送死？"

国王骂道："混蛋！没用的东西。"

Aralumba说："国王，我还有用。我可以飞去科研岛，找小孙，叫小孙想办法过来救你。"

"你去吧。"国王颓然说。

Aralumba转过头瞥我一眼，慌忙离去。

国王放软语气，礼貌地对我说："蛋猫，请你放开我，让我离开。"

我认真考虑。这个坏蛋，我要不要杀了他？

国王又说："蛋猫，我把你从小养大，待你不薄，你却恩将仇报。我相信，你只是一时糊涂，被人挑拨，才会做出这种蠢事。你把我踩在脚下，所有人都看见了，你赢了，够了吧？他们都走了，这场闹剧也该结束了。你还不放开我？你不用害怕，你放开我，我不会对付你的。"

　　我想起他的养育之恩，放开了他。我不怕他对付我，一个赤手空拳的人头黑猩猩，斗不过一只大老虎。

　　国王爬起来，举步维艰。他别过脸去，不看我，噙着泪水，用三只脚爬着走路，一拐一拐地离去。他的后腿受伤了，可能是扭伤，也可能是被我撞伤。

　　我看着国王孤独的背影，不禁浮起怜悯之心。

　　他要爬上山坡，却力不从心，使不上劲，只能在山脚求救："海阔！海阔！"

　　海阔的声音从马背岭传来："国王，不好了，科研岛那边有黑烟，好像失火了。"

　　太好了！一定是风起放火烧了鸟屋。

　　"海阔！下来！"

　　海阔下来搀扶国王上斜坡，回头对我骂道："等我回来，我一定会杀死你！"

　　我这次让海阔离去，下次他回来，一定会扛着一把猎枪。

　　他会杀死我。我要不要先下手为强，把他消灭了？

　　不行。海阔曾经救我一命，对我有恩。

　　他要杀我，就把命还给他吧。

　　他们越过马背岭，从我的视线中消失。

　　沙滩上，就只剩下一只维护正义的大老虎。

　　胜利总是孤独的。

49. 修正生命的意义

"蛋猫！蛋猫！"熟悉的高音嗓子在叫我。

出手？我循声往海边看去。

海边一只圆圆船移过来，不，那叫土星船。

"快，上船。"出手喊道。

我扑过去，落在土星船的外环上。土星船晃一晃，外环斜向一边。我太重了。我钻入船舱，土星船才恢复平衡。

出手奋力推着土星船，把船推离沙滩，推向浩瀚大海。

我问她："怎么会这么巧？你刚好经过这里？"

出手解释说："不，我在黑米岛附近，离这里很远。我看到这里放烟火，以为有什么喜庆之事。我特地赶来看热闹，来到沙滩旁，果然热闹，不一样王国的风云人物都聚集在沙滩上……"

"你看到了什么?"

"我看到让人震惊的一幕。我简直不敢相信自己的眼睛。"

"哪一幕?"

"一只威风凛凛的大老虎把尊贵的国王踩在脚底下……"

"出手，你笑话我?"

"你这么做，不就是为了维护你的威严吗?"

"不不不，威严对我已经不重要。"

"没有威严，你的生命还有什么意义?"

"出手，我郑重地告诉你，我已经修正了我生命的意义。"

"修正? 不错。我相信，生命的不同阶段有不同的意义。你修正生命的意义，就表示你更成熟了。说来听听，你现在的生命，有什么不同的意义?"

"现在，我生命的意义是维护正义。"

"哎，有意思。正义……嗯……" 出手顿一顿，"你说，正义到底是什么意思?"

这难倒我了。我只知道我在做正义的事，但是，要怎么解释呢? 我说:"我只知道，国王做了很多不公平的事，计划害死很多人。我把他踩在脚下，就是维护正义了。"

"嗯。你把国王踩于脚下，是维护正义。你在维护什么？国王做不公平的事，你维护公平的事。国王做对人民有害的事，你维护对人民有利的事。所以，正义是公平的，对人民有利的。对不对？"

出手喜欢对我说大道理，我250克的脑子，哪里装得进去？

我敷衍说："对，大概是这个意思吧。"

出手追问："国王做了什么害人的事？"

我跟出手从头到尾细说了一遍。我说国王草菅人命，拿西塔做试验……

出手打断我的话："国王害死西塔的事，余妈妈说过了。"

我说大家都以为任教授死了，出手又说："任教授没有死，关在鸟屋里，我都知道了。"

我说西塔死后，希瓦来找西塔，出手说："这个好！这个好！这个我没听过。详细地告诉我，我要听细节。"

细节我已经记不清了。譬如说，希瓦在西塔坟墓前说的两段话，我零零星星记得不多，凑合成四句："月亮偷偷把我带来，星星偷偷把你带走。我挖一条木舟抱着你长眠，你写一封情书盖住了我的美梦。"

这四句，就让出手听得入迷，要我重复念一遍。我念完第二遍，她痛哭流涕。我想，只要是关于爱情的事，都能打动她的心。她生命的意义就是爱情。

出手阻止我继续说下去："让我哭够了，你再接下去说。"

她享受哭泣，哭着哭着，叫了起来。

"你看天空，那边！"

出手有海豚的眼睛，视角比我更宽阔。

空中有一个白影飘来。

"是白马！"我喊道。

白马向我们飞来，不过，他越飞越低，身体渐渐往下降，似乎已经力不从心，坚持不住，就要掉落到海里了。

出手放开土星船，一个翻身，往白马那里冲去。

白马飞落海面，四蹄点在水上，翅膀猛然一拍，身体又飘飘然往上升起。

出手在下面喝彩："好！"

白马飞抵土星船，安全降落在外环上。

土星船一晃，外环又向一边倾斜。

我从船舱里爬出来，伏在外环的另一边，像跷跷板一样，两边都有重量，才能取得平衡。

出手游回来，欢欣地叫道："白马，你会飞了！真的学会飞了！"

白马得意扬扬，展开他的翅膀原地转了一圈。

"你的翅膀好大！可是，你好像瘦了。"

白马点头。说他瘦，正中他下怀。他减轻体重，就是为了能飞起来。

"我们欢迎你，白马。"出手说。

白马收起翅膀，跳起踢踏舞，以表达他的喜悦。

"蛋猫，你继续说。"

白马在，我能开口吗？我要维护我的威严。不对，我生命的意义不再是威严，是正义。

我开口继续说故事，说希瓦要带米娜逃走，后来他听说任教授被关在鸟笼里，要去救任教授和烧掉鸟屋，就没带米娜逃走……

白马歪着头，瞅着我，张嘴啊啊叫了两声。

我斜睨白马一眼，骂道："白马，你不要笑我。"

白马变本加厉，仰天长啸，放浪地大笑。

50. 我们要去哪里呢

我以为白马在笑我，其实，我误会了。

白马是在欢呼。他在欢呼风起的来临。

风起挥着大翅膀，从科研岛那里朝我们这里翩翩飞来。

出手把头露出水面，仰慕地说："你看风起，看他飞翔的样子，啧，就是帅！帅！"

风起在我们上空盘旋了一圈，然后降落在土星船的外环上。

翅膀扇过来一阵凉风，我嗅到他熟悉的味道。除了他的体味，还有一股又腥又臊难闻的臭气。

"蛋猫！白马！"他看看我，又看看白马，咧开嘴巴，说，"太好了！你们都安全了。"

　　他说完，转身向大海，对出手鞠躬："出手，感谢你，你又一次救了我的朋友。"

　　出手摆着手，说："风起王子，别这么说，他们也是我的好朋友。"

　　风起转过身子的时候，我才看见，有一个瘦小的老人，如风干的腊鸭一样挂在他后面，腥臊味就是从他身上散发出来的。他头发糊成硬邦邦的一团，显然多天没洗澡。

　　老人用沙哑的嗓音疲弱地说："现在可以放我下来了吧?"

　　风起连忙蹲下来："对不起，任教授，我忘了……"

他是任教授?

任教授变得又老又瘦又脏,我都认不出来了。

白马听见任教授获救,乐不可支,又跳起了踢踏舞。

任教授迟缓地爬下来。他不能走路,踉踉跄跄地跌坐在我旁边,埋怨说:"飞翔一点儿都不好玩,空气冷,风大,冻死我了。"

风起转身过来,抱起任教授进入船舱:"是我飞得太快了,对不起。"

任教授咕哝说:"是啊! 我险些被风吹走了。"

风起把任教授放在环形椅子上:"任教授,你在这里休息吧。"

任教授抱着膝盖,叹道:"啊,这里暖和多了!"

出手跃出水面,眼睛往这里探视:"任教授?"

风起回答说:"是的,我把任教授救出来了。"

出手说:"任教授被关在铁笼里,你怎么能把他救出来?"

风起抽出腰间的伽马枪,说:"就靠它。我一枪射向铁锁,铁锁顿时化为灰烬,地上还被我打出了一个大窟窿。"

出手问:"这把枪,刚才不是握在小豹子手里吗?"

风起说:"你也知道?这把枪叫伽马枪,那只小豹子叫有点花。我飞上天空,正愁着不知如何救任教授,忽然想到有点花有伽马枪,就转回头找有点花。"

"那时，有点花在哪里?"

"有点花在船上。米娜开汽船，带着余妈妈和有点花一起逃走。"

出手用手指挠海豚大头，问道："米娜会开船?"

"米娜说她从小在渔村长大，开过渔船，也出过海。她是在渔船上被海盗掳走的。她记得回家的方向。她说，她带余妈妈回她家后，再安排余妈妈回狮子岛。"

出手合掌朝天拜拜："谢天谢地! 余妈妈和米娜终于自由了!"

风起突然想起了什么，问道："出手，刚才你说任教授关在铁笼里，谁告诉你的?"

"蛋猫说的。"

风起转头盯着我，狐疑地问："蛋猫，你会说话?"

我硬着头皮，尴尬地回答："会。"

风起腼腆地说："对不起，我一直把你当哑巴。"

我小声说："我的嗓子难听，不敢说话。"

的确很难听，我真想找一个洞钻进去。

"哪会难听? 你的声音很有磁性啊!"风起试图安慰我，"即使嗓子难听，说话又有什么关系? 说话只是为了沟通，唱歌才注重嗓子。"

我解释道："身为大老虎，嗓子没有虎威，对我是一种侮辱。"

"蛋猫，你扑向国王的那一刻，就显出了十足的虎威。那一刻的虎威，不管嗓子多难听都破坏不了。对了，我还没有向你道谢呢。多谢救命之恩!"

风起向我深深鞠躬。

我手足无措，不知道该如何反应。

任教授在船舱里面喊："风起，我也要谢谢你的救命之恩。你排除万难来救我，真不简单哪!"

我想起鸟屋气窗狭窄，风起钻不进去，于是问他："风起王子，你是怎样进的鸟屋?"

"打破玻璃天窗。"

"然后，你把鸟屋烧了吗?"

"我救了任教授之后，对着木门开了一枪，木门破了一个大洞，我们赶快出来。接着，木板烧了起来。"

"鸟屋被烧掉了?"

"我们出来的时候，鸟屋刚刚烧起来，我想，它瞬间就会烧掉。我背着任教授，要飞走。任教授说他要找大头钉，我们就去找大头钉。我们告诉大头钉我们打败国王了，叫他们逃走。"

叫大头钉逃走?大头钉愤世嫉俗，厌恶外面的世界，才来投靠国王。他对国王忠心耿耿，唯命是从。国王信任他，放心让他和外界沟通。他是国王的心腹，愿意逃走吗?

"大头钉是国王的心腹，会背叛国王吗?"我质疑。

"大头钉也是任教授的好朋友。他看见任教授的下场，为任教授打抱不平。他不想再助纣为虐，决定发出信息向外界求救。"

我想到另一个人："小孙呢？你有没有看见小孙？"

"我们要离开科研岛前，遇见小孙。我叫他，他骂我叛徒，然后向鸟屋跑去。"

我问："他是不是想去救那些病鸟？"

"也许吧。不过，他已经来不及了，鸟屋已经着火，浓烟滚滚。"

我远眺科研岛。科研岛升起袅袅黑烟，扬起点点灰烬。黑烟斜斜地随风往南方飘去，渐渐淡化，奇怪的是，灰烬却不随风飘扬，而是向四面八方扩散开来。

几点灰烬往这里飞来，越靠近越明显，明显带着翅膀！

它们是飞鸟！

我用难听的声音大叫："鸟！鸟！鸟飞出来了！"

任教授跌跌撞撞地爬出船舱，望过去，大喊："糟了！鸟飞出来了！小孙那个王八蛋，我们该一枪把他杀了！"

"我去收拾它们！"风起不浪费时间，持伽马枪飞起来。

他先对付那些飞过来的鸟。枪口喷出光束，那些鸟化为点点星火，红的、黄的、蓝的、白的都有，转瞬即逝。

风起继续往前飞，飞向鸟群，在空中大开杀戒。只见他在烟雾中穿梭，星光明明灭灭。

混战中，我看见几只鸟往南方飞去，风起并没有发觉。它们逃过风起的伽马枪，渐渐飞远。而风起这个时候，正在忙着追杀飞往北方的鸟。等他从北方转回头，南方的鸟已经消逝无踪。

风起把科研岛上空的鸟杀尽，在附近来回转圈子，圈子越转越大，最后终于飞回来，翩翩降落在土星船。

他大声宣布："这把伽马枪厉害，所有鸟都被杀光了！"

白马欢腾嘶鸣。

"那就好了。"任教授吁了一口气。以任教授的眼力，相信他看不见飞向南方的鸟。

出手也尖声喊道："风起王子，你太棒了！"

海豚眼力并不好。

我该不该把鸟飞走的事告诉风起？现在告诉他，也太迟了。那几只鸟，早已远走高飞。长空万里，叫风起去哪里找寻它们？即使看见天空中的飞鸟，也不能断定它是逃跑的病鸟。

我只能祈祷，那几只病鸟还没抵达陆地，就耗尽精力坠落海洋。这不算祈祷，这是诅咒。也只能如此。

出手推动土星船，我们继续赶路。

天空远远传来嘎嘎声，我望过去，看见奇形怪状的飞机。

风起激动地喊道："直升机！直升机！"

三架直升机排成人字形，往科研岛直飞过去。

任教授爬出船舱眯着眼睛看，说："这是军队赈灾飞机，他们去救人类了！不一样王国的人类有救了！"

白马转着圆圈跳舞，踢踢踏踏。

出手从水面蹿出，在空中漂亮地旋转。

我心血来潮，引吭高歌。

"啊——咿——呀——呀——"

所有人寂静下来，瞪大眼睛望着我，看得我不好意思。

我赶快指向远处，说："看！看那里。"

那里浪花朵朵。

浪花打开，一个人头露出来。

出手放开土星船，惊喜地喊道："瑜美公主！"

瑜美公主远远叫嚷："风起哥哥，等等我！带我一起走！"

风起腾空而起，飞向瑜美公主。

大海茫茫，我们要去哪里呢？

感动全球华人读者!

"人活着为了什么,活着有什么意义?"人们常常被这个问题困惑着,书中的蛋猫亦是如此。蛋猫一直以来都很迷茫,寻寻觅觅,思考生命的意义,直到最后,他才知道自己生命的意义是维护正义。我想蛋猫仍在不断修正自己生命的意义,我们也应当像蛋猫一样明确自己生命的意义,而不是碌碌无为,虚度人生。

——周欣桐,11岁,马来西亚槟华国民型华文小学四年级

西塔十七岁上大学离开了父母,恋爱后便更不想回家了,然而,她在生命的尽头才明白父母对她深深的爱。现实生活中,又有多少人像西塔一样,年少不经事,毅然决然地离开父母独自外出,等到子欲养而亲不待时,才幡然悔悟,自己失去的是这人世间最宝贵的东西。

——Alisa,10岁,新加坡后港 Montfort Junior Secondary School(蒙福小学)四年级

我的孩子是瑜美公主的小粉丝，她从小便喜欢《海的女儿》的故事，之前看了这个系列的书，她就深深地喜欢上了瑜美公主这个小美人鱼，也爱上了不一样王国的国民，也希望能够看到更多不一样王国的故事。

——Vincent，30岁，新加坡市金融师

　　爱因斯坦曾说："一个人的价值，应当看他贡献了什么，而不应当看他取得了什么。"任教授面对恶势力宁死不屈，希瓦为了破坏国王的计划，防止大灾难的发生，放弃了逃离不一样王国的机会。任教授和希瓦的价值正是在于他们对人类的贡献！

——于霞，29岁，新加坡三巴望地铁站工作人员

　　尽管岛上有虚伪邪恶的国王，有助纣为虐的独角龙，黑暗力量让人窒息，但与之相对的，更多的是光明。为了保护人类，任教授面临被囚禁的困境也不透露萃取 X 元素的方法，希瓦放弃逃生的机会也要烧毁病鸟，风起面对生命的威胁也不改变自己的初衷。岛上的人们和动物们齐心协力奋起反抗，胜利终究是属于正义的，光明终究会吞噬黑暗。

——佐藤杏子，11岁，日本东京学艺大学附属竹早小学校五年级

　　看到西塔病重时与蛋猫的对话，泪水充满了我的眼眶。"常回家看看"不仅只是一句歌词，更是万千父母心中深深的企盼。常回家看看，不要等到失去的时候才懂得珍惜。

——田思思，11岁，无锡市蠡湖中心小学五年级2班

生命的意义是什么呢？对于西塔和出手来说，是爱情；对于余妈妈来说，是亲情；对于蛋猫来说，是正义。寻寻觅觅，兜兜转转，经历了那么多波折以后，蛋猫终于明白，威严不是所谓的生命的意义，正义才最能体现生命的价值。当最后所有的人团结起来为了自由与正义而反抗的时候，我们不禁为那些勇敢善良的心灵喝彩、感动。

——刘浩源，12岁，美籍华裔

亲情是一盏灯，照亮了我们回家的道路；亲情是一泓清泉，滋润了我们干涸的心灵；亲情是一个避风港，为四处漂泊的我们提供了一个温暖的港湾。亲情是这世间最为纯粹的情感，无论我们身在何处，亲情都悄悄地陪伴着我们。

——蒋子淇，13岁，广州二中一年级3班

生活中，我们要懂得明辨是非，懂得区分是非曲直，懂得分别好坏善恶。书中的出人头雕虽然一直跟在国王身边保护他，但是当出人头雕得知了国王的阴谋后，他不能阻止国王，但能够通过离开不一样王国的方式表示无声的抗议。然而海阔和小孙等人却与国王同流合污，与恶势力为伍，这样的行为正是我们所要抵制的！

——孔宇浩，9岁，昆明市盘龙小学三年级1班

"有的人活着，他已经死了；有的人死了，他还活着。"国王阴险狡诈，表里不一，虚情假意，唯利是图，他虐待人类，甚至为了利益用西塔试药，使得西塔丢了性命，国王的为人让我所不齿。

——余默谦，13岁，成都市胜西小学六年级1班

我将《2045，沉寂的吼声》推荐给了班上的学生们。这本书语言朴实，便于理解，情节环环相扣，构思合理巧妙，深深地吸引着孩子们。而且，这本书传递了许多正能量，我希望我的学生在书中收获快乐的同时也能够学到一些好的品质与精神。

——李艺，36岁，深圳市碧波小学语文老师

看到女儿的书里有《不一样之歌》，歌词很有意思，我作了曲，还教给了我的女儿和学生。孩子们都很喜欢这首歌，也很喜欢这本书，或许我该称这本书为"不一样之书"，正是因为这本书有着那么多的"不一样"，才会获得那么多小读者的喜欢。

——苏美玲，35岁，沈阳市大东区白塔小学音乐老师

余妈妈在西塔的葬礼上曾说，正是因为西塔的坚持、信念、乐观和梦想，让被掳来的、曾一度绝望的余妈妈能够坚持下去，是西塔给余妈妈传递了正能量。正能量给人力量与感动，鼓舞人们积极地面对生活中的困难，让世间多一份爱与温暖。让我们携手共同传递正能量，共同创建美好的明天。

——薛嘉阳，9岁，上海杨浦小学二年级3班

小树苗有着成为参天大树的梦想，种子有着破土而出的梦想，毛毛虫有着化蛹成蝶的梦想，而白马有着翱翔天际的梦想。白马的翅膀弱小无力，但是他坚持梦想，永不放弃，持续锻炼翅膀，使得翅膀日益强健。白马对梦想的坚持让我感动，更值得我学习！

——黄智超，11岁，海口第二十六小学五年级2班

作为两个孩子的母亲，我经常会为他们精心挑选一些书籍。我之所以选择《2045，沉寂的吼声》，不仅仅是因为这本书的情节引人入胜，更是因为我相信我的孩子们能在书中看到友情，学会珍惜，怀有感恩之心……

——朱秀琴，42岁，两个孩子的母亲

《2045，沉寂的吼声》这本书是妈妈今年送给我的生日礼物，我是这个系列的忠实粉丝，我最喜欢的就是风起王子，我好想和风起王子一样有一双翅膀，能在天空自由自在地飞翔！我也很期待后续故事的发展。

——杜馨妍，10岁，苏州市新康小学三年级1班

看书时，刚开始我很不喜欢蛋猫这个角色，他和国王同流合污，虽然没有助纣为虐，但也没有将国王准备向人类传播病毒的计划告诉风起王子。然而，在蛋猫不断改变的过程中，特别是最后蛋猫毫不犹豫地扑向国王，帮助风起王子脱困时，我喜欢上了他，蛋猫真正做到了维护正义，实现了自己生命的价值。

——杨婷婷，8岁，石家庄阳光小学三年级3班

《2045，沉寂的吼声》这本书装帧精美，内容充实，情节扣人心弦，书中风起王子、蛋猫等角色深受广大小读者的喜欢，最近常常在店里看到许多孩子抱着这本书或站着、或坐着津津有味地读着，由此也可看出本书很受小读者们的喜欢。

——高长娟，37岁，青岛华城路新华书店店员

虽然最后风起王子救出了任教授，烧毁了鸟笼，但是携带病毒的鸟儿却从鸟笼中逃出，飞往人类世界。结局更是扣人心弦，当看到风起王子手持伽马枪同病鸟搏斗时，我为风起王子捏了把汗。最终那几只飞往南方的病鸟会给人类带来灾难吗？余妈妈和米娜逃离不一样王国之后的生活又会怎么样呢？风起王子和蛋猫他们离开不一样王国后，茫茫大海，他们又何去何从呢？

——张轶凯，9岁，郑州市中方园双语学校三年级4班

在不一样王国，人类被国王虐待，然而在这段艰苦的日子里，余妈妈、风起王子、西塔、有点花、蛋猫、米娜他们却能心怀感激，和谐相处，在恶劣的环境里相互帮助相互扶持。在物质生活富裕的今天，我们周围有许多人都不懂得感激，也不懂得珍惜，很多时候人们一味索取，不懂得感恩与回报，我希望《2045，沉寂的吼声》能够让大家在生活中怀有更多的感激，让生活和社会更加和谐！

——方倩，12岁，襄阳市襄城实验小学六年级1班

歌德说："这世界要是没有爱情，它在我们心中还会有什么意义！这就如一盏没有亮光的走马灯。"爱情就是西塔生命的意义，虽然在不一样王国她和希瓦被扣押在不同的岛屿，但是她无时无刻不在思念和担心着希瓦。爱情支撑着西塔度过那段艰难的岁月，而希瓦最后竭尽全力想要救出西塔，也证明了西塔一直以来坚守的爱情是值得的！

——江蓉，32岁，烟台市莱阳中心医院护士

人固有一死，或重于泰山，或轻于鸿毛，任教授在得知国王企图向人类释放病毒的计划后，坚决不和国王同流合污，即使被关在鸟笼里，经受着非人的折磨，也不向国王屈服，甚至甘愿牺牲小我来保全人类的安全，实在令人钦佩！

——曹明轩，12岁，浏阳市人民路小学五年级

自古邪不胜正，国王一直以来虐待人类，更企图向人类投放病毒，再通过特效药来盈利，实在是作恶多端！然而，邪恶永远战胜不了正义，风起王子善良正直，追求人类和不完全人类的和平共处，我相信风起王子一定能够实现这一梦想！

——吴志鹏，11岁，大连市春海小学四年级2班

看到我的孩子在看这本书，书名很吸引我，我便也浏览了这本书。书中的余妈妈、西塔等人在不一样王国受到了极大的侮辱和磨难，让我联想到张海迪的一句话："在人生的道路上，谁都会遇到困难和挫折，就看你能不能战胜它。战胜了，你就是英雄，就是生活的强者。"我们在生活中面对苦难，也要像余妈妈、西塔她们一样勇敢地战胜它！

——范建国，37岁，厦门市同安室内设计师

臧克家曾说："读过一本好书，就像是交了一个益友。"《2045，沉寂的吼声》这本书正是我为孩子选择的益友。

——陈军，44岁，安徽省欧讯信息科技有限公司工程师

真正的朋友能在你身临困境时，为你拂去心头的愁绪，与你承担面临的压力，伴你走过艰苦的时期。在不一样王国，余妈妈和米娜、蛋猫和出手、西塔和有点花，等等，他们互相扶持，彼此信任，即使生活再艰难，因为有这些朋友的陪伴，他们也能够微笑面对。我向往着书中的友谊，更会珍惜我现在拥有的朋友！

——马静妍，13岁，长沙市芙蓉区杉木小学六年级3班

人生在世总会遇到形形色色的困难，面临各种各样的困境，正如余妈妈、米娜等一众人被困在不一样王国沦为奴隶，正如西塔被不一样国王算计而遭受病魔的折磨，然而无论我们面临怎样的困境，我们都应当迎难而上，乐观面对，我相信：阳光总在风雨后！

——柯琳琳，12岁，南昌市百花洲小学五年级1班

图字：11-2015-147 号

图书在版编目（CIP）数据

2045，沉寂的吼声/［马来西亚］许友彬著. —杭
州：浙江少年儿童出版社，2018.10（2021.3 重印）
（许友彬未来秘境系列）
ISBN 978-7-5597-0839-7

Ⅰ.①2… Ⅱ.①许… Ⅲ.①科学幻想小说-马来西
亚-现代 Ⅳ.①I338.45

中国版本图书馆 CIP 数据核字（2018）第 128048 号

许友彬未来秘境系列

2045，沉寂的吼声

2045，CHENJI DE HOUSHENG

［马来西亚］许友彬　著

责任编辑	吴云琴
美术编辑	成慕焱
封面绘画	LOST7
责任校对	冯季庆
责任印制	王　振

浙江少年儿童出版社出版发行
　（杭州市天目山路 40 号）
杭州富阳美术印刷有限公司印刷
全国各地新华书店经销
开本 880×1230　1/32
印张 9.25　彩插 8
字数 163000
印数 10001－13000
2018 年 10 月第 1 版
2021 年 3 月第 2 次印刷
ISBN 978-7-5597-0839-7
定价：30.00 元
（如有印装质量问题，影响阅读，请与购买书店联系调换）
　承印厂联系电话：0571-63251742